教得少
學更多

陳超明 著
前政大外語學院院長
實踐大學應用外語系講座教授

劉曉菁｜採訪整理

孩子學英文，這樣開始！
讓有興趣的聽和讀，激發能活用的說與寫

Teach
Less
Learn
More

英語學習：台灣父母親集體的焦慮

陳超明

台灣的父母親對小孩的語言學習，尤其是英語，往往感到異常焦慮。一方面，有感於自己英語程度不夠好，在職場競爭中吃了些虧，總是希望孩子不要重蹈覆轍，能夠從小就把英語學好；另方面，又苦於不知道如何協助小孩，以提供給他們更好的學習環境與機會。

英文程度不錯的父母，習慣把自身的成功經驗轉移給小孩，卻發現下一代的學習方式跟他們不同。過去，背單字、學文法是學習英文的不二法門，現在小孩懶得背單字，一看到繁瑣的文法規則就投降放棄學習。

英文程度不好的父母，多數只能求助補習班或聘請家教。學英文，在台灣，幾乎已成全民運動！可是，停下腳步，回頭想想，我們的英文能力夠強嗎？孩子們學的英文，未來用得上嗎？長大後，還會記得嗎？

就我自己學習三種外文（英文、德文、日文）的經驗，有成功，也有失敗。成功的，大都是不放棄，且能持續使用；失敗的，大都是那些外國語文沒有進入腦子，也未停留。

我相信，很多人應該也有同樣的經驗，明明花了不少時間，為何語言就是學不好？為何這些語言符碼就是進不了腦袋瓜？為何我們小孩對於這些母語之外的語言，無法熟悉使用？為何我們總是記了又忘、忘了又記？

追根究柢，問題可能出在「教學」本身！我說的不僅是教學方式的錯誤，如誤認學習語言知識（如英文文法或是一些修辭），就可以把英文學會。而是我們忽略「學習」本身。也就是「老師教」與「學生學」之間有很多的落差。簡單地說，我們沒有把老師教的或我們自己讀的，轉換成「自己的語言」，自由應用。

教得少，才學得多

這是一本告訴你，英語學習如何從「教」到「學」的指導手冊，也是強調「學習才是王道」的書籍。不管老師曾經告訴你多少，也不管自己已經閱讀多少書，如果沒有「真正學會」，這一切都只是在浪費時間。唯有先把所讀的字詞、語法、文章脈絡等

學下來，再變成自己可運用的語言，才是「學會」的精義。

線上老師也應理解：「教得少，學生才能學得多」的真諦。回頭想想，給孩子這麼多的文法知識，他們真的都能吸收嗎？真的有助於使用所學的語言嗎？當年，我發現六歲的兒子會使用 "I am, you are, he is" 的時候，他根本不知道什麼是 be 動詞，也不知道什麼是第一人稱、第二人稱等。我才驚覺到我們以「語言學知識」為主導的語言學習方式，是否該徹底重新檢討？

強調學習本身、強調閱讀本身，才可能把一個語言學好。閱讀很重要，大家都知道！然而，**如何閱讀，如何將所讀、所聽，轉化成自己的語言，正是本書直擊的核心。**

這本書企圖發動「語言學習」革命，帶領老師、家長及學生，在學習的路上，面對自己的困境、激發自己的優勢，重新「學會」一個外語。

目次

自序　英語學習：台灣父母親集體的焦慮　3

I 創造自然的環境，讓孩子學習新語言

01 歸納，是學習的本能　10

02 語言，愈常使用就愈會使用　14

II 語言學習，要和生活經驗連結

03 陪伴，幫助孩子學好第二外語　18

Q1 學語言有關鍵期嗎？到底幾歲開始適合學英文？　21

04 把聽得懂的用出來　23

05 實際體驗，協助語言內化　28

Q2 如何選擇合適的英語補習班？　32

III 從聆聽開始學語言

06 聽得懂，才能學得好　36

Q3 不同年齡的孩子，「聽」英文各有什麼訣竅？　43

07 學英文，聽發音、聽語意、聽語感　44

Q4 國中升高中會考要考英聽，如何引導孩子用有效率的方式，培養英文聽力？　50

IV 模仿好範例跟著開口說

08 多聽精采演說，培養口語表達力　54

09 好講者會善用詞彙與句型　61

10 　看演說稿、寫演說稿，說出動人的演說　　72

Q5 如何陪伴孩子，大膽開口説英語？　　74

V 　閱讀，是語言學習的加速器

11 　讓閱讀成為能用出來的語言轉化力　　76

12 　三個層次，學習「有意識」的閱讀　　85

13 　三個方法，透過閱讀達到語言內化　　95

14 　跟著好範例，讀到重點，讀出技巧　　105

Q6 閱讀英文故事很重要，可否推薦能引起孩子興趣的書單？　　112

VI 　寫作能活用與組織語言

15 　把佳句用到創作中，拉高書寫層次　　124

16 　從經典的作品中，找出模仿好範本　　127

17 　從讀到寫，練習輸入後的輸出　　132

Q7 如何從國小開始，培養孩子英語寫作力？　　139

VII 　維持語言學習的長效性

18 　該被釐清的四個英語學習觀念　　142

19 　學習移轉：把學到的變成能使用的　　148

20 　記得久比記得多更重要　　161

Q8 要鼓勵孩子考英檢嗎？到底該如何了解孩子英語能力與程度呢？　　168

PART 1

創造自然的環境，
讓孩子學習新語言

· 使用語言，就是學習語言最好的方式。

01 歸納，是學習的本能

我在大學外語學院教書近三十年，陪伴兒子學語言的過程，是從他幼兒時期開始，唸睡前故事書、從不要求他背單字和刻意記文法，就這樣陪著他一路學習與成長。轉眼間，如今他已是精通英文、日文，以及阿拉伯文等三國語言的碩士畢業生。

近五年，我接觸的學生年齡層，則是從大學生轉到了國中生、小學生。我全台灣跑透透，從協助台東地區孩子的英語教學開始起步，到如今更擴及屏東、高雄、新竹、苗栗和桃園等不同縣市，透過國中小英語教學觀課、議課，讓我對台灣學校教育太重視「文法、演繹」的英語教育，有非常深刻的感慨，興起了我很想寫這本書的念頭。

台灣的英語教學方式，很習慣灌輸學生很多文法規則；而學生使用英語時，也很容易落入先回想英語句子的規則應該是如何如何，然後才開始組織句子。這樣的學習經驗，導致我們的學生跟別人溝通時，時間總是落後了好幾秒。但我觀察國外教英語時，是直接教他們句子，讓他們從大量的閱讀與歸納中，很自然地就會使用正確的文法。

我小孩在六歲前，並沒有特意提供英語學習經驗。六歲那年，我送他去台北市木柵市場邊一位老外家教班那兒上課，這個外籍老師上英語課的方式非常有趣，一週只上兩次課。那位老外沒教 ABC，直接教句子，讓孩子抄句子。一個月後，孩子自

然就會二十六個字母。唯一的缺點，是他不曉得字母次序，查字典比較麻煩。

我還記得老外老師那時告訴我：「要讓孩子學有意義的句子，而不是學沒有意義的符號，因此我的課堂裡從不單獨教二十六個字母。」那位老師在美國教移民者英語時，也是直接從句子、故事開始教起。

老外老師認為，語言學習不僅要內化，而且必須是「有意義的內化」。所以，透過讀故事、句子架構出的有意義情境來學習語言，是非常重要的。

在這樣的教學理念之下，他讓我孩子讀英語故事書、抄寫英語故事書。我的孩子學習語言，從來不曾背誦 I 後面要加 am，He 或 She 後面要加 is。有次我很好奇的問他：「你怎麼知道 I 後面要用 am 呢？」他很直接的回我說：「因為我從沒在故事書中，看過 I is、He am 啊！」

的確啊！我們學習母語時，不就是這麼一回事嗎？孩子為什麼知道不用「一條筆」而說「一枝筆」，也是因為「沒有聽人說過一條筆」啊！

所有的母語學習，都是從「歸納法」開始；使用歸納法，是語

言習得最直接的方式，唯有累積的時間夠長、數量夠多，孩子才有素材可以進行歸納。以早年教我孩子英文的那位美國老師為例，他在教 a 跟 an 的冠詞時，至少會給學生八到二十個不同的句子，讓學生先不斷練習，從句子中熟悉語法，再來慢慢自行歸納出規則。

📖 聆聽與閱讀，打造用得出來的英語力

這本書，可說是我從事英語教育工作數十年來，衷心最想寫的一本書。

回顧自己的英語學習歷程，我從來就不是一位天才型的學生，也不是天生口齒清晰、口才敏捷的人。雖然一路唸明星學校建中、台大外文系（主修英美文學），後來甚至還拿過廣播節目的金鐘獎主持人，但這過程一路走來可說是跌跌撞撞，也下足了苦功。

我高中三年的英文考試成績從來沒有及格過，當年靠著死記硬背，在大學聯考第一次拿到及格的英文分數；好不容易考上台大外文系，但第一年我的英文程度，跟同班同學相較，卻差到甚至有教授建議我轉系……。

然而這些過往，如今看來都是如此美好的禮物。我自己的英語學習經歷，加上觀察我兒子的語言學習歷程，以及自己的語言理論學術背景，在在都試圖幫助我思考一個重要的問題——語言，究竟該怎麼學？若從聆聽、閱讀英語故事開始，這些閱讀的故事素材，真的可以轉化成為孩子得以用出來的「英語能力」嗎？

透過兒子的語言學習經驗、以及走訪各縣市的心得，我真心想告訴所有對語言學習會產生焦慮感的爸爸媽媽與老師們說，上述的語言學習方法，的確是可以達成的。

這本書，就是我想跟各位讀者分享，如何從聆聽、閱讀的「輸入」起步，在有意義的社會與文化環境下，將這些素材「轉化」成為自己的真實能力，透過口說與寫作的方式「輸出」產出，將語言真真實實於生活中用出來。

02 語言，愈常使用就愈會使用

根據國外腦神經科學的研究顯示，幼兒接受語言的第一步是靠「聲音」，也就是從「語音」開始。

幼兒對於聲音所代表的意義，一開始是沒有感覺的，直觀地把聽到的所有聲音，全部收入大腦、接受各種高低音頻的刺激；接下來，幼兒才會學著把聽到的聲音，和說話者的肢體動作連接起來。

日常生活中，小孩聽著父母相互交談、對著他說話、鄰里之間打招呼等聲音，在耳朵裡不斷有各種音頻刺激。這階段的語言學習，著重於先把聽到的「音頻」記憶在腦子裡，知不知道「語意」對此時的他來說，不是最重要的。語意的理解，是到後期才會慢慢補入。

隨著孩子年紀漸長，學習語言就會開始偏向「語意」的學習，孩子不再記住「無意義」的聲音，而是開始記住「有意義」的音頻。舉例來說，當指著電話對小孩說 "phone" 的時候，小孩聽到的是 "phone" 的聲音，看到的是 "phone" 的樣子，以及感受到這聲音代表的意義，這些會同時進到腦子裡。

這個階段，孩子在學習語言時，比較偏向「比對」和「認知」的概念。當 CD 裡出現 "water" 這個聲音時，他會從腦子裡提取出先前聽過的語音，以與自己的語意資料庫進行比對。

學習一種新語言,我常以「從儲藏室拿取物品」或「學游泳的過程」來比喻。

若我們把記憶儲存的位置,以家裡的儲藏空間來打個比方,這就好像母語的字彙是儲存在書架上,而外國語的字彙則是儲存在儲藏室裡。前者調出字彙的速度,當然是比從儲藏室內翻箱倒櫃後再挖出來要快得多。所以,如果我們能更頻繁使用某個語言字彙,就相當於是我們把它拿出來使用後,直接存放在書架上,抬頭就可以看見,隨時都可以拿下來使用,運用起來自然會熟悉且快速。

如果你使用這個語言的機會夠多,記憶儲存的位置就會愈前面,應用到一個程度之後,腦子裡儲存這些字彙的位置,就幾乎跟你的母語位置相當。這時,這個語言對你來説,就不再是外國語言了。

學習語言的方式,一定要實際去使用。我常以游泳來打比方,我們在學習游泳的過程中,無論游泳教練説得多麼口沫橫飛、老師上課教得多麼認真,各種游泳姿勢與技巧,如果沒有實際下水操練,就無法將這些技巧內化,轉變成為我們自己真正的能力。

學習語言，也是如此。因此我才會一再強調：使用語言，就是學習語言最好的方式（To use the language is the best way to learn the language.），而不只是一味學習規則和文法。

PART 11

語言學習，
要和生活經驗連結

- 唯有在孩子「不覺得自己是在學語言」的情況下，語言內化才得以完成。

- 過分注重語言使用的正確性，要確保自己能說出完整無誤的句子後才肯開口說，這樣的學習方法只會拖慢進步的腳步。

03 陪伴，幫助孩子學好第二外語

我們都希望學習到的知識，能成為自己真正可用的能力。這過程究竟是如何形成的？或者，套句專業的學術語言來說，這就是語言的「內化」。語言若要內化，究竟中間需經過哪些錯綜複雜的歷程？

所謂「內化」（internalization），是指當我們接收了一個價值觀、想法或知識，當它得以變成我們自己的行為準則之一時，這個過程就叫做內化。

瑞士行為心理學家尚‧皮亞傑（J. P. Piaget），曾觀察小孩在學習語言或知識的過程當中，包含了四個步驟：從直接指稱東西名稱的「指涉」，如指著水（water）給小孩看→同時說出「水」或是 "water" →孩子「看到」了水，「聽到」了水或是 water →最後將東西名稱與那件事物結合在一起。

從這個學習行為的內化過程出發，順勢帶出了心理語言學（Psycholinguistics）的理論概念。這派學者強調「輸入」與「輸出」之間，可以有哪些有效的學習方法。比方說，他們認為學習者要把「聲音」和「意思」結合起來之後，從中進行推論，進而才能學習。

然而，這個觀點仍有不足之處，尤其在學習母語和第二語言的時候，就會看到成效差異。我們在學習第一語言的時候，生活

中到處都有各種「情境」，讓我們可以重複、強化學習過的東西；但是到了非母語的第二語言學習，這類的學習通常會侷限在教室內，踏出課堂之後，很難有情境讓我們繼續學習時，學習落差往往由此而生。

正因如此，也就帶出了語言內化過程中另一個重要派別：社會文化建構理論。

俄裔的捷克心理語言學家維高斯基（Vygotsky）認為，心理語言學派在內化過程中，忽略了一個很重要的因素：社會與文化的運作。事物的意義之所以能夠產生，並不僅止於大腦結構、或個人認知層次的變化而已，還需要有情境文化的建構與配合。因此我們可以這麼說，學習語言的內化過程中，需要兩個主軸——一是心理認知層次的過程，二是社會文化的結合。

維高斯基甚至認為，任何知識或第二語言的學習，社會文化層面的影響和重要性占比更大。大腦的運作在任何學習認知、語言的過程中，包含了訊息接收、強化記憶等；但若知識要變成有意義的內化，仍一定要和外在環境互動協調，最後才有可能產生。

這對英語學習的重要啟示是：在科技發展之下，目前市面上大量的有聲語言相關產品，對語言學習的成效，其實相當有限。

有些爸爸媽媽會認為，播放 CD、觀看 DVD，可以促進孩子學習另一種語言。事實上，我更想提醒的是，若只是單單播放這些產品給孩子聽，學習外語沒有社會文化的互動過程，最終成效還真的是不如預期。

其中，最重要的關鍵在於，孩子只是「單向」的聽見聲音，並沒有與聲音的來源產生「互動」。這種單向的聲音來源，很容易會變得像是「背景音樂」，有些孩子聽久了會不知不覺麻木，也容易分心。

以我自己為例，孩子唸小學期間，我每晚都會為孩子唸英文故事。由於孩子英語字彙量不足，因此一開始我是採中英文夾雜，孩子知道意思的詞彙我就用英文唸，不知道意思詞彙的我就用中文說。

聽故事的重點，不在於學了幾個新單字，而是了解故事發展的情節。透過這樣的睡前故事共讀，有時同一個故事甚至會唸三、四遍以上。千萬別以為孩子只是被動的聽而沒有吸收，有一次，某個故事中間有個小細節我說錯了，我兒子竟然指正我：「爸爸，你說錯了，這跟以前你講的不一樣耶！」

與孩子進行語言互動，才是落實語言學習情境生活化的最佳方式。和孩子一起讀英文故事書，不僅學習效果最好，還可以增加親子間的情感。

超明老師看英語學習

Q1 學語言有關鍵期嗎？到底幾歲開始適合學英文？

語言學習關鍵期，只有對母語學習有效。學習英文，任合年齡都可以學，沒有時間上的限制，要領不是起步時間的早晚，而是學習的不間斷時間長度。

以台灣人為例，英語並非我們的母語，學習第二語言的關鍵是持續性，就像是學鋼琴一樣，若沒有延續長達七年的時間，要把這個語言內化就有難度。

學習的七年之間，若曾停頓長達半年，之前學的東西很快就會忘光。如果學習英文已持續長達七年以上，之後再中斷，漸衰期會出現得比較慢；但若暫停學習的時間拉更長，衰退的現象就會愈明顯。

讓孩子學英文，若經濟條件許可，最理想的方式是採行共學，找二到三位小朋友和自己的孩子一起學習。家長們可以合聘一位會講中文又曾待過國外的家教，一開始可以先帶點中文降低小朋友的壓力，之後再開始全英語教學。一星期只要學習一次，一次大

約兩個小時，在理想的師生比下，孩子的學習會較有品質。若再搭配回家作業，指定合宜的繪本、故事書給孩子看，下次再跟老師用英文說繪本、故事書的內容，這樣的英語學習經驗，即能同時含括輸入和輸出的雙向練習。

若預算不夠充裕，可與孩子在每天或每週定下固定時間，親子一起聽有聲英文故事書，和寶貝一起學。共學的對象改為家長，放一段聲音，複誦一次都是很棒的互動經驗。有時讓孩子充當英語小老師，更能激發他們學習英文的動力。

04 把聽得懂的用出來

我一向主張，理想的語言教學方式：唯有在學生「不覺得自己是在學語言」的情況下，語言內化才得以完成。

一位台東的老師在教水果名稱的時候，是這樣教的：在第一堂課，他展示了水果的圖片，把聲音和圖像連結起來，並帶著學生唸出各種水果名稱。下課前，他請學生在下一堂課帶水果過來，做為下堂課製作水果塔的材料。

第二堂課，學生先不學語文，而是跟著老師的指示，一步步做出水果塔。當老師用英文唸出 "Please put apple pieces（strawberries, sugar apples）into the bowl." 時，學生就把切好的蘋果、草莓、釋迦依序放進去。很快的，學生自然就會把聽到的水果名稱的「聲音」和「語意」連結在一起。

這位老師的教學，就是典型可幫助孩子學習內化的一種教學模式。在此，我想帶出幾個有助於「語言內化」的學習模式。

📖 融合本能與認知，即能轉移和內化

語言學習若要達到高階行為，需要融合生物本能，再加上社會認知才能產生。任何語言學習的過程會透過以下三種模式，來

達成內化的目標。一般來說，我們只要在任一情境中用對過一次，基本上就已是深刻學習，以後便不容易忘記。

✎ 「物體規範」（object regulation）

這是指小孩子在學習語言的時候，會把自己的行為跟大人的語言，或是把自己的語言和大人的行為結合起來。

以數字教學為例，當老師教完英文數字 1 到 10 後，唸出 "Please give me three apples" 時，若能同時做到拿出三顆蘋果的「行為動作」，以及講出英文單字 "three" 的「語言」，便是幫助學生在學習的那一剎那，讓他理解英文單字 "three" 的意思等同於自己認知的阿拉伯數字「3」，進而達成語言內化目的。若沒有同步進行這兩個動作，小孩很快就會忘記英文單字 "three" 的意思等於阿拉伯數字的「3」。

上述的說明就是「物體規範」，在學習的過程或課堂上，運用實際物體、字卡等任何具體事物，透過老師的執行來完成認知連結。

✏️「外在規範」（other regulation）

這是透過其他環境因素，試圖跟所學的語言進行連結；換句話說，也就是用其他的事物，來強化物體規範階段的認知。

以前面講到的 1 到 10 的英文數字為例，我們會發現，台灣的一般學生很容易記住 seven 和 eleven，而不是 eight 或是 nine。為什麼？這是因為我們日常環境中，7-ELEVEN 便利商店隨處可見，自然可以不斷地把生活經驗跟老師所講的內容連結起來。

以我個人的經驗為例，多年前曾到美國待一陣子，記得第一天到超級市場買菜，看到許多不認識的蔬果。看到在台灣不曾見過的黃色南瓜（squash），順手拿起來端視，心裡很是疑惑，這東西要怎麼煮啊？一旁的美國老太太見到我的表情，走過來開始跟我介紹黃色南瓜，我就在這情況下，把 squash 這個字記住了。臨走前老太太還問我：「你要不要做 squash 的食譜啊？」

同樣道理，許多汽車零件的英文名詞，我多是在一間修車廠裡記起來的。有次車子故障，請黑人師傅修理我那輛破車的排氣管，儘管我很難聽懂他的發音，但在跟著他一句一句對話的過程中，我學到了相關的單字，也了解師傅們在這個行業裡的用

詞遣字。走進修車廠這一遭，著實讓我上了一課，把曾經在教科書上看過卻從未真正記住的陌生單字記下來，這同樣也是一種內化的過程。

這次的經驗的確也透露出孩子在學習第二語言的困難之處：跟學習母語不一樣的是，當學生走出教室之後，不容易遇見有利於語言內化的環境，這也是為什麼大多數的學生，並沒有完成外在規範的內化。

在理解「外在規範」後，身為父母或老師的我們，若能把握各種機會，幫孩子／學生創造語言與環境的連結，將對孩子／學生的語言學習產生莫大助益。

✎ 「自我規範」（self regulation）

在自我規範的方式下，若我們能夠把原本不熟悉的外在知識，變成自己能隨時運用的思維資源，也是能達到精熟與內化的方式之一。

老師教給我們的語言是外在的，要如何把老師傳授的內容，變成自己可以隨時使用的認知？當老師在教數學算式 2+3=5 時，可以用兩個蘋果再加上三個蘋果，得出五個蘋果。當我們

的學習達到了高階段時，就可以利用公式或心算去得出結果，而不再需要依靠外在的事物來計算。到這裡，已經變成一種抽象性的思維。當我們達到這階段的瞬間，也就完成了內化。

再次以我自己為例，我在唸大學時養成一個習慣，會從每天閱讀的文章中，抄幾個句型下來，再從中挑出五個新單字。在接下來的一星期裡，我一定會想辦法把這幾個單字和句型，用到寫作或回家作業上，等到老師發回作業時，我會觀察老師對我寫的句子有什麼反應。

當我發現，若其中有幾個句子沒有被老師更正，就會知道這幾個字已經是「真正屬於自己的一部分」，不再只是強記的知識而已。我也會在跟外國人交談時，趁機用上這幾個新單字。當我發現老外聽得懂，也表示自己已真正記住這幾個字的用法，就再也不容易忘記了。

05 實境體驗，協助語言內化

無論是「物體規範」「外在規範」或是「自我規範」的學習過程，要將語言學習真正內化，更重要的是需透過「工作」或「行為」的運作來累積。

舉例來說，當學生在英文課堂上學到了關於咖啡飲料的單字，如 laté、cappuccino 等字彙，如果他可以在印象尚稱深刻的短時間內，即到咖啡店去實際點一杯咖啡時，內化的速度就會加快。

內化，是一種人與環境的調適過程，把個人跟社會環境之間的關係重新組合、整理，這個新的內在組合，會影響到一個人未來的表現。

從語言學習的例子來說，當在課堂上學到了一個新字彙，我拿到生活中實際應用，進而達到想完成的行為目標後，更能將這個字彙內化。以上述學習咖啡飲料單字為例，學到單字 laté，接著到咖啡店實際點上一杯 laté 來喝，透過跟店員的互動說話，我們拿到了一杯 laté，這樣內化就完成了。透過這個過程，基本上我們很難再忘記 laté 這個單字。

甚至，如果點咖啡的時候自己說錯了，發現老闆聽不懂時的「挫折經驗」，更能加深內化的速度。

犯錯，是最好的學習方式，我常戲稱這是一種「創傷學習」。這是因為犯錯的「創傷負面記憶」，通常會比其他正面記憶來得更讓人印象深刻。

「在錯誤中進步」（error correction），類似「創傷學習」後的深刻記憶，這也是語言內化很重要的一個過程。過分注重語言使用的正確性，並確保自己能說出完整無誤的句子後才肯開口說，這樣的學習方法往往只會拖慢進步的腳步。這也難怪歐美父母會在安全的範圍內，放手讓孩子勇於嘗試，犯錯或失誤也沒關係，讓他們透過挫折經驗去深化認知。

📖 模仿和除錯，增進內化成效

行為運作過程中，我們還可以透過以下兩種技巧，增進語言內化的成效：其一就是用「模仿」增強轉換的力道，其二則是具備「在錯誤中求進步」的認知。

「模仿」（imitation），是指找尋可以學習的範本，透過學習這個範本的語言使用方式，運用到自己所處的情境裡。現今學生在課堂上學習英語，老師往往講解課本上的內容後就結束了，不常有機會走到「模仿」和「轉換」的過程。

但若今天學生在課堂上學到了一句常用語，下課之後可以透過觀看電影、電視影集中的劇情，模仿其中的對白；或是老師可以在課堂上透過角色扮演，創造模擬的情境，讓孩子有機會再次學習，如此語言學習的成效，會比單向只聽老師在課堂裡的講述更好。

因為，語言是從模仿開始、進而挪用的過程。當把觀念、句法和思維邏輯轉用，放入自己的生活情境、個人習慣裡面，或是吸收原始的資訊後，再以自己的方式使用出來，且受到社會和老師的認可，若後續的延伸運用也進行順利，學習者的語言內化也就形成了。

現在的國中會考有英聽測驗，部分家長或老師以為在這個項目若要取得高分，學生只要不斷聽、重複聽、一再反覆聽，英聽自然而然就有好成績。錯，並不是這樣的！

學習語言，除了聽之外，我們一定要引導學生講出來，透過「說出口」的輸出（output），強迫將先前聆聽的輸入（input）進行內化。

在語言輸出過程，說對、說錯都沒關係，我甚至認為說錯更好，因為說錯的印象會更深刻。當我們在特定情況下用了某些字，而別人聽不懂的時候，我們就知道自己說錯了、用錯了；

透過別人的指正，我們會強化這部分的記憶，而記住正確的詞彙或是用法。

選取優質的語文素材並加以模仿，是為孩子搭建語言學習鷹架的最佳方式。因此，本書的以下篇章，我會根據聆聽、閱讀的「輸入」層面，以及口說、寫作的「輸出」層面，透過中英文實例的技巧與實作解說，示範如何達成語言內化的目的。

超明老師看英語學習

Q2 如何選擇合適的英語補習班?

臺灣的教育體制非常奇特,學校與補習班(家教)在孩子的學習過程中,分別扮演不同的角色。學校多以教完為首要目標,體制內的教師們授課的責任像是趕進度般,一心一意只想把課綱或課本內容全部教給學生;補習班或家教則扮演幫助學生學習的角色,針對學生不夠了解或需要額外練習的部分,予以強化或灌輸考試技巧,幫孩子們整理、複習或猜題。

就我來看,這兩種教育體系對孩子的學習都有著很大的限制。許多家長問我,若想送孩子進補習班增強英語能力,有沒有什麼評選的方法?在這裡試著與您分享我心目中理想的補習班,要具備的條件:

一、不教 KK 音標

KK 音標是語言學家制定出來的一組標示發音的符號,原意並非用來學習語言。我較推崇自然發音,看到字就會唸,透過反覆練習,即可建立孩子的音感,也就不需要再記另一組符號。

二、不強灌文法知識

台灣的英文課堂，文法一向是教學重點。過去大家普遍的觀念認為文法是了解文字與意義的組成規則，若不懂文法，就無法將英文學好。事實上，太重視文法規則的背誦或了解規則背後的語言知識，對於使用語言的幫助相當有限。學習語言的重點應該是我們要會歸納、使用這些規則，而不是被這些規則束縛、綁住。

三、有簡易、能輸出所學的學習單（或回家作業）

學習語言有輸入就一定要有輸出，沒有輸出的過程，語言學習就不會進入到內化階段。我所謂的作業或學習單，並不是要增加孩子的學習負擔，也不是讓孩子機械性的重複抄寫，而是要讓孩子在打開耳朵聽、用眼睛看、開口大聲讀之後，有機會透過即時練習的產出，帶點創造性的三、四成改變，以加深學習印象。過分強調只有遊戲化學習而沒有課後練習的補習班，在延續語言學習的持續性上，其實並沒有加到任何分數。

四、強調增進孩子的閱讀能力

坊間許多以考試、升學為首要目標的補習班，對孩子語言能力的提升也沒有太大的助益。若補習班的教學重心是指導孩子閱讀英文故事、文章，就是個不錯的補習班。最好的語言學習經驗要以閱讀為核心，讓孩子在大聲朗讀故事的過程中，可以聽到英文的節奏、發音，就能增進孩子對語文的敏感度。閱讀過程中，將聲音轉換到文字，再轉換成影像、概念，才能讓語言學習生根。

PART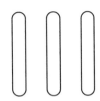

從聆聽
開始學習語言

- 學習第二語言時，應該跟母語學習一樣，從聽「聲音」了解「語意」開始。

- 讓孩子有機會多聽他人說英文，當聽到的都是正確的字詞發音時，自然會跟著說出清楚的發音。

06 聽得懂，才能學得好

學習語言是為了能與他人溝通，聽懂聲音裡面蘊藏的意義，才能開啟與他人互動的交流。還記不記得小時候我們是怎麼學母語的？是不是從聽爸爸媽媽說話開始？

以學習「喝水」這個詞彙為例，小孩看到大人「喝水」這個動作時，同步聽到爸爸媽媽說「喝水」這個詞彙的聲音，多聽幾次下來，他學到把聲音和意象連在一起，理解原來透明的液體稱為「水」，把液體飲用至口中的動作稱為「喝」，喝進透明的液體即為「喝水」。經過與社會經驗結合後的歸納，了解每個詞彙代表的意義。由此可知，「聽聲音」對語言學習而言是多麼的重要。

學習第二外語時，因第二外語不若母語遍布於我們生活經驗裡，聽力的訓練往往較為困難。以我兒子學習英文為例，他在上小學前我沒有讓他先學二十六個英文字母，也特意不讓他看任何字形。而是從他唸幼兒園開始，每天晚上讀英文繪本（故事書）給他聽。

一開始他看不懂書上的任何字，我也不會特意一個單字一個單字進行詞意解說，而是依照書上面的文字一遍又一遍朗讀給他聽，並且讓他聽我唸很多很多不同的英文故事。每唸完一個段落，我會大略用中文解釋一下，讓他慢慢聽懂繪本裡的故事大綱。記得有一天我們延後唸故事的時間，為了想早點結束，在

同一個故事唸了兩、三次之後，我便開始改編故事情節，這時兒子竟然告訴我：「爸爸，你的故事說錯了。」我問他，你聽得懂嗎？他回答我：「對啊，故事後面不是這樣，你說"Everyone died." 哪有啊？這個故事裡的公主沒有死啊！」這次的經驗，證明了孩子在聽故事的時候，是會透過聽聲音去了解文義的。

📖 專注傾聽，為學習外語打好基礎

學習外語時，我們的心路歷程通常是這樣的，當我們聽不清楚或無法聽懂別人的意思，自然不敢、不願意，也不好意思開口說話。在台灣，目前語言學習的過程，還是不看重「傾聽」的練習。在聽力尚未獲得足夠刺激，可以模仿和學習之前，往往一下子就進入認知層次的字形、字義和語法結構中，弱化聆聽的重要性。

以「看」電視為例，台灣幾乎所有的電視節目（包含連續劇、脫口秀、電影等）都會配上字幕。我們太習慣也太依賴「看」螢幕上的字幕，而忽略注意「聽」電視裡的人是怎麼說話的，也就更不會留心電視裡的人各種聲音表情。反觀國外的電視節目或是新聞，大多不會配上字幕，這讓閱聽人必須打開耳朵注

意聽聲音、聽句子的語法結構，才能了解電視節目裡的內容，以及主角想要表達的語感、情緒。

坦白講，「看字幕」的習慣，無法幫助我們學習語言和提升語言溝通力。就我看來，若要學好外語，小學階段的所有語言考試，其實都不需要用到書寫測驗，應以聆聽和口說的溝通能力為學習主軸。

📖 先聽懂他人講什麼，再來記憶單字怎麼拼

學習第二語言時，我認為應該跟母語學習一樣，從聽「聲音」了解「語意」開始。

過去學習英文的經驗，多是先看單字、記中文意思，再來才是透過音標學習單詞發音。這樣的學習經驗，通常是「看」單字的拼法、注意單字由哪些字母組成，而不是先唸出完整的發音。這個步驟比較像是「看書」（watch），而非「讀書」（read），太過度注重字而忽略聲音，往往容易造成理解上的誤差。

如果我們一開始就沒有把聲音、字形和語意結合在一起，會導

致我們的聽力變差變弱;若再加上語言敏感度不足,就只能依靠學文法、背單字等較偏重結構和拼字的記憶性方式,學習第二語言。

當我們沒有把該字的聲音和語意做好連結,他人在講某個單字時,腦袋檢索的優先順序會是這個單字是由那些字母組成,而非這個讀音是哪個單字。當字義的解讀順序是先拼字再連結詞意,往往會讓我們與他人溝通時,對語意的理解無法在聽的當下即聽懂訊息,而出現慢了好幾拍停格的反應。

以聆聽為學習語言的首要技巧,好處在於我們不會被「形」干擾,可以集中心力在聽能力的培養上,聽進去的資訊在大腦思考、儲存的時間,通常會比死記、硬背來得長久。

聽力的觀摩、練習、模仿和養成,大致上可以從「聽對話」與「聽演講」兩個方面習得。兩者在語言學習上的幫助,具有不同學習意義。

✎ 聽對話(Conversational Speech)

一般人在日常對話時,描述的內容多半會一直重複。主詞跟受詞或是主從之間的關係界線通常很模糊,常常會以對方能理解

要溝通的大意即可。因此對話時，我們是靠說話的雙方，不斷地反覆複誦溝通重點來確認意思。

每個人平常習慣的用詞遣字並不一致，在聽對話時不需要特意引用，而是仔細聽對方在說話時，他會用哪些不一樣的詞彙、句型和語調，把想傳遞的細節帶進主題，或是把重點點出來。

聽他人對話時，還可以發現比較會講話的人，講話時多數不容易被打斷！聽對話對語言學習的另個幫助是，我們要聽對話裡的說話節奏。你會發現會說話的人，他們在和他人對話時，都能保持好自己的呼吸順暢，不會讓人覺得不停地喘氣。再者他們講話的每段長度，大約會控制在三十秒左右，這正好與我們能容忍一個人講話的長度是三十秒不謀而合，因為說話的時間適中，對話時也較不會被打斷。

🖊 聽演講（Topic Speech）

演講的內容多半有特定主題，主從關係非常清楚，形式上有兩種：一是平鋪直敘下來（top down），另一種是先講結論，再往回溯（bottom up）。演講的結構多為由故事或情境帶出引言，再開始演講主題內容，最後進入故事及主題結尾。

有魅力的演講者，他們在講述時吸引人的聲音表情都不太一樣，透過傾聽，可以學習他們的聲音表情和咬字發音。例如：王文華擅長用和朋友聊天的方式演講，語調都是輕緩而不帶權威；陳文茜口條清晰俐落，可以學習語言表達的邏輯思維；蔣勳則是不給結論，讓人意猶未盡，留下無限的思考空間。

學習觀摩站

• 王文華 •
名人成功的五大要素

• 蔣勳 •
留十八分鐘給自己

📖 從小開始，聽出英語好感力

「聽」是語言學習的根基，聽得愈多，對發音、語意、語感的轉化愈有幫助。還記不記得我們小時候，爸爸媽媽或幼教老師

常常播放童謠、唸唱唐詩的錄音帶給我們聽？在聽的過程，就是很棒的由淺入深學習經驗，先從單詞、語音開始，逐次拉長，再去聽整段文字的語意。慢慢地培養出我們對語言節奏的敏感度，也注意到語感上的表現。

反覆聆聽的當下，或許我們沒有學過平仄格律的規則，卻可以藉由多聽累積而出的歸納，發現原來詩人寫的詩句這麼的有節奏感，竟是要配合人吟唱的呼吸調節。這不都與我前文提到大量的聽，聽對話、聽演講對語言學習的幫助相吻合嗎？

還在擔心自己的英文不好，無法教小孩英文嗎？帶著他從聽開始吧！跟著孩子一起聽、一起複誦、一起唱，可以發現更多不同的樂趣。

多朗誦、播放簡單的歌謠、童謠、古典英詩等，就是幫助孩子掌握英文的發音、語感和節奏的好方法。從沒有負擔、好親近的童謠為起點，也能讓孩子說出流暢道地的英文。若這些歌謠、童謠有對應的中文版本，也請同時提供給孩子，他自然就會將熟悉的中文歌謠、童謠與英文發音對照，在連結舊經驗下，沒有刻意背單字、記文法的壓力，學會英語童謠中每段歌詞、古詩裡的單字字義與發音。

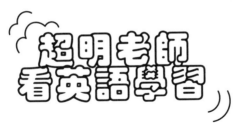

超明老師看英語學習

Q3 不同年齡的孩子，「聽」英文各有什麼訣竅？

聽力是很重要的語言輸入能力，不管是母語或外國語學習，一定都是先從聽聲音開始。從聲音理解語意，進入模仿與複誦，可以漸漸建立孩子使用語言的能力，勇於開口後，也能幫助進入閱讀的階段。

學齡前的孩子，可以從聽有故事劇情的幼兒卡通開始。以英國知名的卡通《粉紅豬小妹》（*Peppa Pig*）為例，擬人化的佩佩豬和其家庭、朋友的故事，非常貼近小小孩的日常生活。

進入小學後，改播有聲或唸故事書給孩子聽，不需逐字解說單字字意，只要解釋幾個關鍵字讓孩子大概了解內容即可。孩子藉由多聽故事，慢慢推敲單字、句子的含意，就是很棒學習經驗。

中學階段的孩子，可以聽一些進階版的線上素材，例如 BBC Kids，就有很多有趣的無字幕影片可供孩子觀賞。沒有字幕，孩子必須打開耳朵專心聽，除了訓練聽力，還能讓他挑選有興趣的題材涉略知識。

07 學英文，聽發音、聽語意、聽語感

語言屬於認知內化的過程，若是利用規則學語言，會把學習者搞得暈頭轉向。透過傾聽，我們可以注意到語意後面隱含的表情。我們不僅聽到語意的結構，更能進入語感的高低起伏。

我非常鼓勵日常生活中，多多聆聽英文發音的對話與演講，除了可以打下語言學習的基礎外，還能誘發出更多英語學習的內化歷程。許多家長和老師會問，聽英文的對話與演講，除了前述的重點外，就學習外語而言，還要再多聽或多注意什麼呢？

📖 聽字音，把聲音和意思結合起來

很多人在學英文的時候都是希望先看到字，而不是聽到聲音。這是因為我們總是習慣看到單字後才唸出來，這樣的習慣，容易使我們在聽他人說話時，無法於第一時間理解對方要表達的意思。我希望未來孩子學英文時，先拋去既有的學習英文慣性，改為先聽聲音，再模仿發音，把字音和字義連結起來。

國外的研究顯示，當老師在教一個單字、句型或是片語時，只要給學生八到十二個句子，學生就不會忘記這個單字。若再配合手勢、實物的輔助，便能把單字的音和意思結合起來。

學習 "drink" 時，給學生幾個邊聽、邊做、邊歸納的實例，他自然就能學到 "drink" 的意思等同於中文的「喝」。

I want to **drink** some water.	我想要喝水。
She is **drinking** orange juice.	她正在喝柳橙汁。
John wants to **drink** apple juice.	約翰想喝蘋果汁。
Mary wants to **drink** water, too.	瑪莉也想喝水。

過去也曾聽學生分享過，他們學到的英文，在與他人溝通時，常常有溝沒有通或是鬧出笑話。我在想，這其實跟他們聽得不夠多，掌握不到英文長短母音和重音發音位置也有關係。

例如：招待來家裡作客的學生，問他們要不要吃些 snack（點心），他們卻聽成 snake（蛇），才知道這是長短母音分不清所鬧出的笑話；也曾在美國看到台灣學生問美國人，這附近有沒有 McDonald's，美國人聽成 Madonna，竟是因為語調不正確（重音位置發音錯誤），而讓聽話的人不解其意；又或者英文連音如 can 跟 can't 的發音，若沒有說清楚，也會引起別人的誤會。

要避免上述的小尷尬場景其實很簡單，只要讓孩子有機會多聽他人說英文，當聽到的都是正確的字詞發音時，自然會跟著説出清楚的發音。

📖 聽句子結構，用對詞彙與語法

光是學會單字字義和發音還不夠，重點是知道如何將單字放入句子裡。單字放對位置了，與人實際溝通時，才不會產生所謂「中式英文」；或是文法上乍看沒問題，但就是帶有不對勁的怪異感。

我第一次去美國的頭一個月，身邊的外國朋友總覺得我説出來的英文，有一種説不出的不自然感，文法沒有錯誤卻很不道地。當我留心聽別人說英文後，我才發現原來我説的都是教科書英文。

這樣的表達也不能説不正確，但在運用語言、活用語言時，就是有那麼一點不夠純熟，和他人生活上的互動、溝通，就是卡卡的不順。

文法正確的怪英文

- **例子一：這道料理色香味俱全。**

✗ The food smells so good.

☞ 這個句子文法正確，但會讓人覺得不禮貌，感覺上你得用鼻子在那聞呀聞。

○ Everything looks great.

- **例子二：你會說英文嗎？**

✗ Can you speak English?

☞ 用 can 其實有冒犯的意思，問人家「會不會……」

○ Do you speak English?

📖 聽語意和語氣，說出好語感

學習語言最主要的目的是要和他人進行交流，傾聽説話聲音與講話音調，可以培養聽他人説的敏感度。唯有弄懂對方想要表達的問題或意見，活用可溝通的語言，才能達成溝通的目的，不致答非所問。

和他人溝通時，適當的抓出要強調的部分，運用說話技巧，如句尾上揚或下降、反覆強調對話重點，都可以幫助對方理解要傳達的訊息。當你和對方面對面溝通時，拋出一句話之後，同步觀察對方的表情，大約就可以揣測出自己有沒有用對語法與說對話。聽別人說話時，若能同步觀察他說話時的表情、語調，也可以幫助自己聽懂對方真正要闡述的資訊。

若要增進自己在英文溝通上的語感能力，可以多收看一些英美電視影集。在英美影集裡聽到的字詞和句型變化，你會發現和中文句型的習慣用法差異很大。中文語法習慣將「你、我、他」當句型主詞，但外國影集卻不是這樣用的，外國人為避免用詞單調，人稱代名詞頂多使用二、三句，之後就會開始變換主詞。句型的變化，通常是落在「主詞」的變化跟「動詞」的形容。

記得有一天我的課堂上，一位南美洲來的學生遲到，他站在那裡猶豫該不該進來。我有兩個和他溝通的對話選擇，一是說："Come in." 二是笑笑的對他說："You can sneak in."（你可以從後面偷偷溜進來。）

當我拋出後者這句話時，學生聽到我轉換 "sneak" 的用法，在化解遲到窘境下笑了出來。這句話的使用，不曾出現在英文教科書中，是我從以前老師身上學來的。靈巧的活用動詞，可

以大大改變我們說話的句型變化，並增加我們說話內容的深度。有了這次經驗，我後來在聽英文時，都會格外注意主詞跟動詞的變化，以及觀摩形容詞子句的使用。

學習觀摩站

形容詞子句是很重要也很常見的英文句法，適當的運用形容詞子句，可以將許多短小讀起來不順暢的句子，濃縮在一句長句中，使整句話長度適中、內容豐富，唸起來更流暢，還能提升句子的變化性。

- I get to see people <u>who are facing life and death with addiction</u>.

☞ 這句話其實是由兩個短句合併而成，分別為：

1. I get to see some people.
2. They are facing life and death with addiction.

畫底線處就是形容詞子句，無法獨立存在，需依附在第一句之下，who 代表著前句的 some people。

英文演說時，通常會將多句短語運用形容詞子句的句型組成長句，讓語意傳達得更清楚，還能增加字詞之間的關係力道。

若能讓自己靈活說出這類句子，英文口語表達自然就會更道地。

Q4 國中升高中會考要考英聽，如何引導孩子用有效率的方式，培養英文聽力？

一開始聽力不佳的階段，只要能先抓出「主詞」與「動詞」就值得肯定。主詞大多都是人稱代名詞，如以 I、We、You、He、She、They、It 等起始的句子；動詞則大多跟在主詞後面，表示任何一種動作或狀態。要聽懂英文句子，先抓住這兩大重點，其他如介係詞、語助詞等，來不及時就先放過。

再者，為了要瞬間將聽到的單字聲音轉換成語意，則是要鼓勵孩子提升對英語單字的熟悉度。做法上可以掌握幾個原則：

一、用「聲音」來記憶

從自己生活周遭會碰到、能用到的單字起步，要求自己大聲把每個單字唸出來，至少五遍。

二、巧用錄音工具

目前許多手機都有錄音功能，小巧的錄音筆攜帶也很方便。建議可以把自己唸單字的聲音錄下來，平常就放給自己聽；也可以將網路上的有聲短文錄下來，反覆播放，用聆聽的方式增加對單字的敏感度。

三、善用網路，嘗試為每個新學的單字寫個句子

這個句子不一定得自己造，可以到國外網站輸入單字，再從搜尋結果中找一個適合自己程度的佳句抄下來。抄下來的目的不是為了死背或默背，而是為了複誦。無論是單字或是句子，我都認為應該要用「聲音」來記憶，培養「一聽到發音，就能立即轉換成語意」的能力。

英文聽力成功的關鍵,「鸚鵡精神」的複誦,絕對是不可省略的步驟。一開始練習時,難免會有來不及聽的情形,沒關係,透過一句一句、一段一段切割,慢慢模仿外國人的腔調與說話方式。

我的經驗是,若能每天十分鐘持續做這樣的練習,漸漸的會跳脫「從主詞、動詞來猜句意」的階段,逐步真正的進入到能聽懂每字每句,同時還能透過聲音的記憶,自然而然增進字彙量。這樣在半年後要聽懂一段全英文的 TED 十八分鐘演講,也不會是遙不可及的目標。

PART

模仿好範例
跟著開口說

- 語言經驗在經過大量的聽之後，需要藉由「說」將習得的「聽」，轉化為口語表達，以與他人互動、溝通，才能進入內化階段。

- 把要說的話先透過文字書寫出來，會比較容易從寫作的觀點檢視這些話，透過文字書寫，把寫作習慣帶進口語，更能提升口說能力。

08 多聽精采演說，培養口語表達力

我曾經參與一場英文座談，座談會的前半段由三位主講者各負責十分鐘的致詞演說。主講者之一是麻省理工學院（MIT）校長，也是當天現場唯一有準備演講稿的與會主講者。

他在演說時，特別提及自己準備演講稿的理由，他說：「我只有十分鐘的寶貴時間，不能輕易浪費掉，請容許我唸出事先準備好的稿子。再者，我也擔心自己若是沒有透過文字先行思考，很有可能會在演講過程中漏掉重要的想法，或是說著說著就偏離主題。」

我特別留意到，校長在發言時，若是一般論述，他會流暢的侃侃而談；若是引用他人說過的話，則會特意停下來看清楚手中的講稿後再發言。相對於其他兩位講者發散、漫無邊際、贅詞一堆的演說，校長對這場演講的重視、致詞的精確和切中主題，讓我格外欣賞。

語言經驗在經過大量的聽之後，需要藉由「說」將習得的「聽」，轉化為口語表達，以與他人互動、溝通，才能進入內化階段。我們說話時，透過事先規劃的組織架構，搭配精準的用詞遣字，才能讓他人快速、清楚的明白我們想要傳達的想法、事情或意見。

一個好的演說，通常含金量非常高，句子與句子間的邏輯、關連性非常強。主講者在講述時，會反覆地將重要概念透過不同的譬喻、實例、語句陳述給聽眾。若想善用語言，並將腦海中的想法清晰的傳遞出來，從聽大量演說，學習模仿如何表達開始，即能逐步培養自己開口說的表達能力。

📖 動人故事與新穎切入點，是開場白的最佳觸媒

多數演說者通常會在開場的時候先做自我介紹、定位自己角色、說自己的故事，以引起聽眾注意，讓聽眾聚焦於講者接下來要說的內容。做完精要簡介後，若能再用新奇的方式導進主題，往往能讓聽眾的精神為之一振，將注意力集中起來。

以許榮宏（火星爺爺）在 2014 年 TED×Taipei「別只看『沒有』，向你的困境借東西」演講為例，火星爺爺一開始即先表明自己講師的身分。就結構來看，他是先把自己「專家」和「專長」做定位，以吸引聽眾的注意、誘導聽眾投入火星爺爺接下來要說的內容。

接著火星爺爺旋即問台下聽眾一個看似無厘頭的問題：「火車上沒有什麼東西？」突然天外飛來一筆的提問，反而引導聽眾

腦袋開始努力絞盡腦汁，不斷想著火車上缺什麼？缺音樂？缺賭場？這個乍聽似亂入的提問，其實是一種精心設計過的隨意，引出他接下來要說的重點——把「沒有變成有」的概念。

讓聽眾回想自己的沒有（即「問題」或「困境」），再去探討怎麼把缺少的東西放進困境裡，開創另一個新契機。如此一來，即可強化演說主題「讓困境不再是困境，危機變成轉機」。接著火星爺爺再把「沒有」與自己的生命故事結合，讓讀者印證原來火星爺爺目前的成就，其實是不斷與自己的「沒有」借東西。

分析這個演說實例，我們發現許多乍看之下沒有相互關聯的故事或提問，其實是為了找到和演說主題的連結點，只要能打中聽眾的內心深處或需求，就能成功喚起聽眾興趣，順利導出接下來要說的講題重點。

• 許榮宏（火星爺爺）•
別只看「沒有」，向你的困境借東西

• 艾咪普蒂（Amy Purdy）•
生命無限（Living beyond limits）

☞ 艾咪普蒂在兩個半月的時間失去眾多器官，演講主題圍繞
在此事對她生命的衝擊，讓聽眾產生我懂你的同理心。

📖 善用對稱的平行句型，強化語言表達力量

演説時的開場白，由自身經驗或喜歡的故事為引子，最容易吸引聽眾進入講者要營造的氛圍中。進入演説的主題後，用三個段落或是三個例子進一步説明，往往能強化受聽者對主要論點的理解，進而讓語言產生動人魅力。

奧黛麗赫本的經典語錄，便是「善用對稱句型」最傳神、最到位的例證。透過三組句型結構簡練又相近的句子，沒有艱澀的詞彙、複雜的句型和拐彎抹角的譬喻，即能深刻帶出她饒富哲學的話中風采，體現語言的力量，展現她實踐「説好話、看優點、廣泛求知」的處事智慧。

學習觀摩站

For attractive lips, speak words of kindness. For lovely eyes, seek out the good in people. For poise, walk with the knowledge that you never walk alone.

—— Audrey Hepburn

若要有吸引人的雙脣，請説友善的話。若要有美麗的眼睛，請看別人的優點。若要有優雅的姿態，請與知識同行而非獨行。

——奧黛麗赫本

📖 互動提問與完美收尾，擴散演說主題的延續性

演說時若要吸引聽眾的注意力，「掌握受眾群的背景」也是很重要的一件事。了解聽眾，才能知道要用什麼例子、哪種口氣表達，以讓讀者產生共鳴感。演說中若要舉例，這裡有個小技巧可以分享，把生活中廣為人知的新聞事件放入演說內容裡，更容易引起大家迴響、產生同理心或是情感連結。

通常我們在演說時，會舉很多例子、事實與數據等，結語時若能以「前面我們提到了……然而我覺得……」的句子帶入，更能表現出講者的個人觀點與見解，說服聽眾看重你的想法。

另外，演說節奏也要留意。除了要有吸睛的開場白外，還要搭配耐人尋味的結尾收場。高明的演說結尾通常有兩種做法，一是在高潮點結束，讓聽眾留有餘味，帶有開放導向的技巧，勾出聽眾再思考欲望；二是把前面說過的話再做總結，達到前後呼應的效果。

劉大偉在 2013 年 TED×Taipei「別把鑽石當玻璃珠」的演說，即是結尾時做到前後呼應的好例子。這場演講中，從他的人生故事出發，講述愛畫畫的他，因為學業成就低落，在台灣當時的教育環境裡，不斷受挫、失去信心。當爸爸把他送到美國後，遇到一位看到他潛能的生命貴人——畫畫老師，老師跟

他説:「你可以做得到、你很有才華。」這對原先覺得自己是顆不起眼玻璃珠的劉大偉來説,是多麼可貴的肯定。而後劉大偉發現自己的天賦找到熱情,成為一顆在國際動畫界發光、發熱的鑽石。演講進入尾聲,劉大偉再次呼應回到老師對他的賞識,一句鼓舞人心的話,讓他從低頭到抬起頭,並帶出老師教書四十年後的退休心得:「我的學生裡,只有你還在跟隨你的夢想。已成鑽石的你,回到出生地,帶出家鄉裡更多的鑽石。」

激勵人心的演説,透過講者運用前後呼應的技巧,有助於幫助聽眾記憶演講主題、帶出演講主軸,更能加深印象,創造更多感動,發揮説話力量。

學習觀摩站

• 劉大偉 •
別把鑽石當玻璃珠

09 好講者會善用詞彙與句型

好的演說，講述過程除了口氣要讓聽眾感動舒服、會設計漂亮開場白、善用平行句子結構與做富饒餘韻結語等技巧外，口說時還可以適時加入下列妙方，幫助自己說出一場令人印象深刻的出色演說。

📖 精準用詞：抽象的概念要具體的描述

善用譬喻法（明喻、暗喻），能讓聽眾快速理解抽象模糊的概念，若比喻用得巧妙，還能產生新意，讓語言更有溫度。排比法的運用，能層層積累語意，讓口說更有深度。

✏️ 明喻

以 2015 年褚士瑩在 TED×Taipei「往夢前進的路上，做好瑣事是持續的關鍵」演講為例，開場白時他這麼說：「每個人都鼓勵學生勇敢做大夢，可是我覺得缺少另一半，那個另一半就好像是天上的星星，問題是你到星星的路徑，這中間有沒有人把他畫出來？」

褚士瑩用明喻的方式，將「星星」比喻為夢想，不僅將夢想具體化，也帶出夢想的另一層涵義——夢想就如同星星的位置一

樣，很高、很遙遠，好似遙不可及一般，在引導學生設定夢想、追求夢想的過程中，有沒有人教學生如何達成夢想？築夢時，是否會有好高騖遠的疑慮？

明喻的具體意象若與主題關連性低，反倒會更讓人產生困惑。倘若我們把上述例子裡的「星星」換成「道路」，無法表現出「夢想過於遙遠，又不切實際的意境。」畢竟，我們對「道路」的聯想，通常都是一條可以明確指引我們到某處的方向，是可以遵循而不會迷路的。

學習觀摩站

- **例子一：褚士瑩：往夢前進的路上，做好瑣事是持續的關鍵。**

☞ 將星星比喻為夢想，有一種遙不可及的意象。

- **例子二：我爸爸累得身體快垮了，整個人就像我們地下室裡那張破舊的床墊。**

☞ 被人不斷使用到又破又舊的床墊，把爸爸的疲倦具體化。

- **例子三：Life is like riding a bicycle. To keep your balance, you must keep moving.**

☞ 生活就像騎腳踏車，為了讓自己保持平衡，你得持續往前。

暗喻

比明喻更有力，會利用比喻事物的特點，來強調被比喻事物的某些特色。像「今天的天空很希臘」的形容就很生動巧妙。因為大家對於希臘海天一色蔚藍的印象很鮮明，透過「很希臘」的譬喻，我們就很會把希臘的蔚藍天空移情到「今天的天空」。

無論是使用暗喻或是明喻，盡量以多數人都有過的經驗或是認知為主，否則容易落入過於個人經驗的比喻，而無法引起聽者共鳴。

學習觀摩站

- **例子一：飢餓的獵人射出箭，射中一隻又一隻骨瘦如柴。**
- ☞ 即便我們不知道射中的野生動物是什麼，但是「骨瘦如柴」給了我們清楚的畫面，跟前面飢餓兩字做呼應，或許正逢荒年，因此獵人射中的獵物也都是虛弱不堪。

- **例子二：The Tongue is also a fire.（舌頭就是火。）**
- ☞ 《聖經》裡告誡人們，當我們口不擇言的時候，是會如火燒過，萬物皆滅般造成傷害的。

> 學習觀摩站
>
> - **例子三：Marriage is the tomb of love.（婚姻是愛情的墳墓。）**
>
> ☞ 我們對墳墓的印象常是死亡、無盡黑暗。婚姻裡的柴米油鹽等日常細碎家務，常會引發夫妻之間的口角，無怪乎有人認為婚姻裡的現實面足以扼殺愛情。

✎ 排比

除了明喻和暗喻的譬喻法之外，善用排比這個修辭法來說理，也能讓意欲層層推進，收到條理分明的效果。用排比來說景，更可以創造宏觀開闊的氣象或是層次分明的景色。

> 學習觀摩站
>
> - **例子一：山朗潤起來了，水長起來了，太陽的臉紅起來了。**
>
> ☞ 朱自清在《春》一文，用山、水和太陽各自的姿態來堆疊出春天的景象。

- 例子二：In class, at work, and on the field, Martin strives for excellence.（馬丁不管是在課堂上、工作上、運動競賽上都要做到第一。）

☞ 用課堂、工作、競賽，一層又一層刻劃出馬丁凡事都想有好的表現的意象。

📖 轉換主詞：視場合調整與聽者間距離

口說時，人稱代名詞的使用，無論是「我、我們、你們、他們、一般人……」，都會讓聽者心裡產生不一樣的感受。

✏ 第一人稱

用「我」的口氣說話，會強化演說者「自己的」主張、看法和獨立性。演說中如果太強調「我」，對成果來說，相對是較不利的，因為「我」的頻繁使用，容易製造出講者和聽者之間有高低上下的分別。美國總統川普（Donald Trump）在演講時，常為了營造「領導力」氣勢，而用「我」來表述。

使用第一人稱複數代名詞「我們」說話，則是想營造「演說者和聽眾是站在一起的認同感，想要產生某些共通性」的感覺，因此政治人物在發表演說時，多喜用「我們……」，而少用「你們……」。如果發言的人身分是政治人物或是公司團隊領導者，過度使用第一人稱複數代名詞，容易讓聽者產生說話者缺乏領導力的印象。

就第一人稱來說，「我認為……」和「我個人認為……」當中也是有差異的。多了「個人」兩個字就多了妥協的味道，降低了說話者的力量。

✎ 第二人稱

演講時若以第二人稱代名詞「你……」作為句子的開頭，是想要在說話者和聽眾之間保持一定的距離，因此運用時要很小心，這通常表示在質問對方；若是一個老闆對員工說話時，說「你（你們）……」就是要把自己和員工之間區隔開來。

✎ 第三人稱

演說時還有一點要留心，寧可用第一人稱「我」，也不要用自己的名字說出要傳遞的事情或是想法。因為無論是中文或是英

文的語法，用第三人稱來指射自己，通常是在幼年階段才會這麼做，特別是正在學說話階段的幼童。

當小孩想要某件物品時，就很容易用這種語法說出自己的目的。小女孩 Linda 想吃冰淇淋時，容易說出 "Linda wants ice cream."（琳達想要吃冰淇淋）的句子。這種以「琳達」想要吃冰淇淋，而不是「我」要吃冰淇淋的表達方式，可以讓她避開責任。如果媽媽不答應，小孩就會覺得不用為自己的言行負責任。

若想在說話的時候增進親和力，在講中文時，有個好方法——把「我」去除即可，例如：「台灣應該走這條路⋯⋯」「所有事情應該以這個為基準⋯⋯」同樣能達到帶出親和力、又不會讓人產生「說話不負責任」的印象。

說話時若使用第三人稱複數代名詞「他們⋯⋯」，則會產生以上對下的講話口氣，要避免使用這類人稱代名詞。例如：想要討論原住民、同性戀者或是任何弱勢團體的主題時，若說話者使用「原住民他們⋯⋯」，即是在無形中豎有鄙視的意味，把自己和聽者跟這些團體、族群畫分開來。當「他們」兩字去掉，變成「原住民⋯⋯」時，既可維持客觀陳述，避開產生權力距離的風險。

📖 重新定義詞意：跳出舊框架帶出新意

在演說時，若把動詞、名詞做詞性轉變，還能跳出文字既有的舊框架帶出新意。有時候，簡單改變一句話的主詞，就能引起聽眾的注意。

世界疊杯冠軍林孟欣，在 2014 年 TED×Taipei「『興趣』讓我在十六歲得世界冠軍」的演講裡，說出：「興趣讓我再次得到世界冠軍。」一般來說，「世界冠軍」跟「興趣」之間通常不會被聯想在一起，「世界冠軍」多數是和「天分」「辛勤努力」等詞彙相連。

當我們聽到演說者用這樣的句子敘事時，因為與既有的印象落差太大，反而會興起一股好奇心，想要靜下來聆聽以一探究竟。若是這句話改成「苦練讓我得到冠軍」，聽眾會覺得順理成章，也就帶不出聚焦的新意。

聽眾知道，當我們用顛覆既定印象的詞語傳述事情時，會在文句之間形成一個斷層，聽眾會特別想深入聆聽故事，跟著講者一起進入乍聽之下較不合理的地方。

• 林孟欣 •
「興趣」讓我在十六歲得世界冠軍

再以火星爺爺「別只看『沒有』，向你的困境借東西」演講為例，一句「向困境借東西」把抽象的概念做了具體的轉化。

困境就我們所知，代表了坐困愁城，資源不夠以至於有困難、有危機。當火星爺爺帶出「向困境借東西」時，自然就會引人好奇，想知道到底要怎麼借？這句話其實是「危機就是轉機」的翻轉，只是口語上更為淺白和生動。

火星爺爺把原本是副詞的「沒有」，轉變成名詞。按照一般邏輯，我們説「這瓶子裡沒有水」時，這意思本來是空的；當火星爺爺把「沒有」當作名詞使用，就賦予「沒有」一個實質的

定義。讓聽者產生聯想、進入演說情境，帶出心有戚戚焉的認同感。

📖 仿照好句型：豐盛演說的層次

中文演說者常使用的「最可怕的不是⋯⋯，而是⋯⋯」句型，用最高級強化演說者要說的事情，其實要強調的是落在後面的「而是、但是」。掌握到這個句型的關鍵，我們就可以產生無數的好句子。

當我們聽到好的演講句型、技巧時，可以隨筆記錄下來，讓這些嘉言成為自己仿效、活用的好例句。再從嘉言中替換掉關鍵字，即能增加我們說話的厚度。

學習觀摩站

- 例子一：<u>最可怕的不是</u>你沒有工作，<u>而是</u>你做了不喜歡的工作。

☞ 利用排比的方法重複「工作」二字，當成前後兩句的對照。

- 例子二：<u>如果說</u>文章是案頭之山水，<u>那麼</u>山水便是地上之文章。

☞ 利用層次進一步詮釋山水，案頭山水裡的文章是小而美的，地上文章的山水是大而廣闊的。

- 例子三：<u>If you can't</u> explain it simply,
  <u>you don't</u> understand it well enough.

☞ 真正的懂，是能夠言簡意賅地進行簡單解釋。

10　看演說稿、寫演說稿，說出動人的演說

你是否聽過《哈利波特》作者 J.K. 羅琳 2008 年在哈佛大學畢業典禮的演講？這場演講的開場白非常有趣，J.K. 羅琳一開始即開誠布公的說：「第一件事想要謝謝你們，因為這幾週以來想到要來這裡演講，所引起的緊張、焦慮和反胃，使得我瘦了一些。」

這樣有哏又帶自嘲的趣味性開場白，絕對是經過預設、鋪陳的橋段。J.K. 羅琳在講這段話時，幾乎沒有贅字，言詞之間的反差——緊張、焦慮、反胃和減重，還讓台下的學生聽了哄然大笑，達到她想要的效果。

整場演講，在詞彙的選擇上非常生動，巧妙的把自己的作家身分融入演說詞裡，「我說服自己正在參加的是葛來芬多學院的校友會（… convince myself that I am at the world's largest Gryffindor reunion.）」，以及用「cast（回溯、投射）my mind back to my own graduation」，讓哈利波特故事氛圍融入這場演講。

觀看她的致詞影片，你還會發現說這一段話時，J.K. 羅琳是看著稿子唸出來的。可見講者對這次演講的看重，以及她在事前做足充分的準備工作。

西方人演說時，力求精確明快；反觀台灣人在公開演講上，常訴諸感性文字，情緒表達有餘，卻容易流於拉雜，使得節奏緩慢、抓不到重點。

不論我們口說時間的長短，若能把說話內容先透過文字書寫出來，會比較容易從寫作的觀點檢視這些話。透過文字書寫，把寫作習慣帶進口語，更能提升口說能力。你會發現不論是在用字遣詞或是深度、內容，都有顯著的幫助。讓我們的想法更容易被聽眾聽懂，也讓受聽者抓到我們想說的重點。

養成先把心裡想說的話寫下來的習慣，你會發現多看幾遍，就能找到演說的不足處，以及演說過程中不必要贅詞。

好的口語演說，除了要廣泛的聽、大量的練習外，還可從文字中、閱讀中得到啟發、找到想法。培養自己的口說能力，可以多看他人已擬好的演講稿。好的演講稿通常內容完整、邏輯結構分明，用詞遣字簡明精準。

學習觀摩站

• J.K. 羅琳 •
給哈佛畢業生的致詞

超明老師看英語學習

Q5 如何陪伴孩子，大膽開口說英語？

學習英文有一個很重要的觀念 ——「學了就要用，不要怕犯錯。」太多人對於開口說這件事有莫名的芥蒂，害怕犯錯而不敢開口說，是會讓自己學習速度變緩慢的。讓孩子從小就有自信開口說英文，真的沒有想像中那麼難。

舉例來說，學齡前孩子在聽過英文歌謠、卡通、CD 後，有事沒事間家長就可以引導他複誦、複唱，鼓勵孩子大膽說出卡通人物剛剛的對話內容，都能讓孩子對英語學習產生信心。

孩子進入小學，若能養成每天用 "I" 當句子的主詞，簡單說出三、四句他當天發生的趣事，都是很好的練習。若發現孩子總是無法表達完整，可以試著找些好範例，讓他模仿練習，漸漸地他就能表達得愈來愈清楚。

中學階段的孩子在聽他人講英文時，可留意說話方的音調、動詞使用。用錄音筆將閱讀小說的摘要、心得錄下來，反覆聆聽自己的發音、音韻與語調，練習將心中所想表達得更清楚。

PART V

閱讀，
是語言學習的加速器

- 學習語言，除了具備專業背景知識和了解字詞特殊文化意涵外，還要理解不同語言的結構邏輯。

- 閱讀時，若能具備流暢度，把聲音、語意，以及閱讀速度結合在一起，就能快速理解文章大意。

11　讓閱讀成為語言學習，用得出來的轉化力

本書在一開始時，曾介紹過學者維高斯基的主張，在語言學習方面，當我們教過基本知識之後，應該要進入真實社會情境練習；否則學生學到的語言，很容易過一段時間就忘記了。創造語言學習的互動環境，應該是語言教學上的重要環節。

無論是哪種語言的學習，都是起於「模仿」進而「挪用」的過程。也就是把學到的語言觀念、句法和思維邏輯，放入自己的社會文化情境裡面。當我們吸收的原始資訊，受到社會、老師、父母的認可，之後若一切進行順利，成為自己的習慣，學習者的語言內化也就形成了。

這個從模仿開始的語言學習方式，可以從任何場合起步，不見得非得自教室內的知識學習開始不可。比方說，許多在酒吧工作的人，英語口語能力相當不錯，但他們往往並未接受過正式的英語學習經驗；他們的英語應答能力，可能絕大部分來自於在工作環境裡與客人的點餐應答；若本身沒有刻意擴展對談主題，往往會只停留於酒吧英語的淺層對話，或侷限於某一領域的特定語彙。

再舉一例，很多有收看政論性節目、高度關注政治的人，在談論政治時總是能言善道、高談大論，但他們談論的內容，可能九成都是取自名嘴說過的話。這是因為他的「語言輸入」（input）僅止於名嘴的意見，在他複述前一天於政論節目聽

過的論述裡，口説的當下，價值觀也隨之內化成形。當他重複愈多遍，內化就愈穩固，記憶也更持久。

因此，隨著孩子的年歲漸長，我們幫助他們的語言學習經驗，不應僅停留於聽與説，勢必得進階到閱讀和書寫的文字世界。

學生在閱讀一個故事、一本小説時，每當書中出現類似的句法結構，或出現同樣的字彙時，即便這個字不一定是完全同樣的意思，卻會把腦子裡和課堂上看過的句子結合在一起。兩者相搭，印象自然更深刻，句型的內化形成了，同時還獲得更多單字量。

我們會發現，孩子早期的學習，是透過聲音和外界產生「互動」：爸爸媽媽唸出句子時，把「目標物」如水、書、玩具等指出來，或是做出站起來、坐下去等動作，可以讓語文與情境產生連結。隨著年紀漸長，乃至於到青少年、成人階段，當我們開始學習邏輯性思考，或是要能更有系統的了解語文背後的社會文化意義時，閱讀，可説是最好的一扇窗。透過閱讀接觸大量字彙與主題，會在無形中擴充我們談話的素材與內涵。

📖 閱讀，讀什麼？

我常認為，無論是中文或英文，語文學習的許多概念是相通的。在討論英語學習之前，讓我先來分享一個中文學習例子。

先前曾有機會到蘇州一趟，順道參觀寒山寺。寺前牆面鐫刻了張繼的知名詩作《楓橋夜泊》：「葉落烏啼霜滿天，江楓漁火對愁眠；姑蘇城外寒山寺，夜半鐘聲到客船。」

正在欣賞之際，無意間聽到同在寺中參觀的父子對話。父親要小孩把這首《楓橋夜泊》七言絕句背起來；結果小孩不客氣的回問一句：我背起來要做什麼？生活裡用得上嗎？

國高中的教學，在閱讀一篇古文時，課程重點往往會放在「這句話是什麼意思？」等語意解釋層面，老師不見得會帶著同學去深究這首詩在社會、文化的含意，讀了這些古文，可以怎麼轉化運用在當代生活中。若從學習的觀點來看，背誦《楓橋夜泊》這首詩，難道就只能單單從語文角度學習？還是可以更深入的從文化層面了解？

某次與某位前任教育部長開會，會議的內容是討論十二年課綱語言時數。當時有位捍衛國文時數及古文閱讀的知名教授，提及台灣學生中文能力已經如此低落，怎麼能再刪減國文必修時

數、降低古文比例？那時我忍不住舉手回問：「如何證明學生的中文能力，讀三十篇古文，會比讀二十篇古文強？」當場三位國文教授無法作答，在他們眼中，似乎多讀就是好。

令我最感到疑惑的是，我們的學生，在學校已經讀了不少古文或經典作品，為何「火星文」還是時有所見？為何不少學生的文字能力還是那麼弱、錯字還是那麼多？不禁讓我反覆忖量，那些上課曾經唸過的經典古文，到底都唸到哪裡去了？

會後我不斷思考，會議上我向那位國文教授提出的問題，對他及對學生都非常不公平！閱讀古文，當然可以幫助學生提升語文能力，只是在課堂上，我們從沒有教導學生如何把經典古文轉化運用到現代社會。也就是說，我們從未好好思考過「語言轉化力」這件事！

我們要小孩背古文、學經典的同時，若沒有同時讓他學習現代語言語感，孩子若無法把古文跟現代語言連結，小孩背下來的古文只能成為考試用的素材，根本沒有「內化」，豈不是浪費了時間？這個概念，運用到學習英文也是如此。

在台灣，我常在演講中被家長問到：「課本不好好唸，花時間看英文故事書，真的有用嗎？」

記得有位讀者曾帶著自己小二的女兒，每週讀五本英文故事書。一年後，媽媽來到我的演講現場，告訴我她覺得小孩的英文「沒什麼長進」，倒是故事聽了不少！

到底，我們應該用怎樣的態度面對閱讀？當我們帶著小孩閱讀一本故事書的時候，到底是要講故事？還是希望小孩能把故事書裡那些優美的文字記下來？

這個問題，曾在我腦中思索良久。我自己的心得是：無論是學習中文古文或是英文故事，若無法把所學變成自己生活中「能用出來的內容」，一切都將是空談。具備這種「用得出來的轉化力」，我認為更是閱讀的關鍵！

📖 閱讀，有讀到重點嗎？

回想當年自己唸書時，老師在課堂上教莎士比亞十四行詩（sonnet），到底是在教語言還是文學？老實說，現代已沒有多少人寫十四行詩。教羅伯特·佛洛斯特（Robert Frost）廣為人知的《未走的路》（The Road Not Taken），討論

的也多停留在詩的意境，「語言」這一塊反倒沒有多少人去談及，彷彿它不重要了。

所以，我們的學生，即便讀到了大學，唸過不少著名的曠世鉅作，但在書寫或說話時，仍不乏過去式、現在式混淆，出現"I listen the radio." "I is a student." 這樣的錯誤英文；或是學了十年英文後，請他做自我介紹，卻依然說得七零八落、結結巴巴。

為什麼會有這樣的落差？我想，或許可以先從西方對「閱讀」的分析開始深究。無論是中文閱讀或英語閱讀，都可區分幾個不同的層次。

✎ 第一層，「語意」的理解

語意上的閱讀，包括單字、句法、單字的語意。以前面提到的《楓橋夜泊》為例，從「語意」層次來看，江楓、漁火、月落、烏啼等詞彙，都栩栩如生的在我們的腦中浮現出有意象的畫面。

✎ 第二層，「語感」的鑑賞

同樣以張繼《楓橋夜泊》為例，仔細觀察，會發現整首詩具備了對仗結構，「霜滿『天』、對愁『眠』、到客『船』」都有韻腳，唸起來不僅押韻順口，文字呈現出來的畫面也帶有濃烈的詩意，很有味道。

英文裡，許多知名演講的名言佳句，都是具有豐富語感的句子，可以成為學習語言時很好的模仿對象。

學習觀摩站

- **美國前總統歐巴馬，2005 年在提名競選總統場合上對支持者的發言**

  Change will not come if we wait for some other person or some other time. We are the ones we've been waiting for. We are the change that we seek.

  如果我們只是等待別人或時間，改變不會出現。我們就是自己在等待的人，我們就是自己在尋找的改變。

學習觀摩站

- **賽斯古德曼，2010 年在美國大學畢業典禮致詞的部分內容**
  If you believe in what you're saying, if you believe in what you're doing, you'll be more effective, more passionate and more authentic in everything you do.
  如果你相信你說的話，如果你相信你做的事，你在做任何事情上會更有效率、更有熱情和更真誠。

- **美國密西根州長喬治雷姆尼，1963 年在州議會上的發言**
  If not us, who? If not now, when?
  如果不是我們來開始，那要等誰起步？
  如果不是現在開始，那要等到什麼時候？

✎ 第三層，「批判能力（critical thinking）」的培養

在閱讀中文書籍時，累積大量知識後，比較容易做出有主見的批判。在英文閱讀上也是同樣道理，隨著字彙與閱讀量的增加，最終目標是除了可以看懂文章主要意旨，也可以提出自己同意或不同意的看法和原因。

在過去，老師總是強調閱讀很重要，卻很少人告訴我們「什麼是閱讀」，以及「閱讀究竟該怎麼開始」。其實，無論是學習中文或英文，若想要有意識、有目的的閱讀（conscious reading），都需要下面兩個章節的策略跟技巧。

12 三個層次，學習「有意識」的閱讀

我很同意美國閱讀專家與專職作家黛安娜蕾佩琪格（Diane Henry Leipzig）曾提出：「閱讀，是整合了識別指認、理解、流暢度的歷程。」當讀者能達到最期待的流暢階段，閱讀過程就會自動整合識別「指認」與「理解」。了解字彙與文意，會感到閱讀是一種自動和很舒服的過程，並能驅策我們一直不斷讀下去。

無論中文或英文閱讀，都包含了這三個層次。以下我會同時舉中文、英文例子，兩兩相對照，抽絲剝繭後，幫助你理解兩種文字系統的閱讀差異。

📖 識別指認（word recognition）：連結聲音與文字，擴展理解視覺單字的能力

在字詞的識別上，中文和英文是兩套截然不同的系統。

中文，是屬於圖畫式系統，跟英文的拼音系統截然不同。我們在辨認中文字時，除了唸出聲音，多半會更重視「字的形狀」，特別如山、日、月、水、上、下等象形指事類文字，字形與實物樣貌可以相互呼應，但字形與聲音的連結度，相對是弱的。

屬於拼音系統的英文則不一樣，英文的聲音和單字的連結十分緊密。我們會先注意聲音的結構，再根據發音寫出字母拼法。比方說，看到單字湯匙 "spoon" 時，我們根本不會覺得它看起來像根湯匙，但是如果你能記住這個字的發音，就幾乎能夠把它寫出來。這也是為什麼西方會特別看重孩子「大聲唸出來（read it aloud）」的原因。

除此之外，學習英文時，還可以將「字首、字根和字尾」等視為猜字解碼鑰匙，理解單字字母的意義。拆解字首、字根和字尾，可以幫助我們很快分解箇中意義，有效率地理解陌生又困難的生字。

例如 "unfriendly" 這個字，我們可以拆解成 "un-freind-ly" 三部分。"un" 有負面的意味，"friend" 是朋友，"ly" 多半為形容詞尾，可以約略猜出它真正的意思是「不友善的」。

在閱讀的過程中，「一個又一個的單字」是我們勢必會面對的語言學習挑戰。我們很難保證自己「每個字都看得懂」，但就算有些字看不懂，「練習猜測」絕對是幫助我們進入流暢閱讀的必要過程。

根據學理，我們都有一種可了解「視覺字」（sight vocabulary）的能力。以中文閱讀來說，我們其實具備了看著某個陌生詞

彙，就可以猜測出大概是什麼意思的能力。

我們閱讀時，若文章中參雜了些看不懂的詞彙，看了上下文之後也許會覺得那個看不懂的單字可能是植物的名稱；但如果對於文意不會造成干擾，或許就會直接跳過去而不查字典。即便查了字典，除非我們看到照片，否則還是無法從聲音和文字，就知道植物的真正樣貌。

更明顯的例子，就是武俠小說裡面的武功招式。

以金庸來說，他筆下創出來的招式名稱，「降龍十八掌」「凌波微步」「一陽指」等，我們根本無從知道這武功「確切到底是怎麼打出來的」，卻能配合著金庸的文字描繪在腦中「自行填空」，衍生出某種讓我們理解故事發展的畫面，讓閱讀過程得以順利延續。

有趣的是，當閱讀素材換成英文小說時，我們看見一個陌生的英語字詞，則常常不敢「自動跳過」或「自動填空」。

為什麼？一來，我們可能會擔心，不確定這個新單字是否很重要；二來，則因我們對於辨認外語「視覺字」的能力還不純熟，即便透過單字上下文，可能依然猜不出其意。

📖 理解度（comprehension）：
連結背景知識，抓住文章意旨的能力

理解度是指透過上下文，了解整篇文章想要表達的意旨。即使我們了解每個字詞的字面意義，但若先前對某一領域缺乏了解，往往會出現「每個字都看得懂，但串起來就看不懂」的窘境。這時，「背景知識」或是「先備知識」可以助我們一臂之力。

在閱讀之前，心裡通常會有個「預期心理」，以幫助自己較快進入狀況。例如，今天若要讀一篇教育類文章，我們的大腦會在不自覺中有意識的連結這個領域的相關資訊或字彙，然後把所讀文章與過去所知的教育相關領域詞彙相連結，以幫助我們快速理解文意。這個能力，是讓閱讀得以進階的重要環節。

理解字詞在不同文化裡的特殊意義，也能幫助我們增加文章理解度。

舉例來說，「蛋黃中的蛋黃」這詞彙，多數中文讀者都明白是指「精華中的精華（the best of the best）」。但對一個正在學習中文的外國人來說，若他對中文了解程度還不夠深，這句話可能就弄得他昏頭，想半天也想不出來蛋黃中的蛋黃到底是什麼意思。

英文同樣有類似的情形。以 Our teacher is a good talker but we sure don't learn much from him. I'd like to ask him, "Where's the beef?" 這句英文為例，很多人恐怕就搞不懂為什麼會出現 beef（牛肉）這個字。

其實 "Where is the beef?" 原本是廣告文，但如今已成為美國人的日常用語，意思是指「賣點在哪裡」「實質性的東西在哪裡」。因此上面那句英文的意思是：「我的老師能言善道，但是根本就沒有從他身上學到多少東西。我真想問他：『他要教給我們的知識到底在哪裡？』」

除了專業背景知識、字詞的特殊文化意涵外，了解不同語言的結構邏輯，也很重要。

主詞的運用，在中文、英文使用上，具有極大的差異。在英語世界，主詞清楚十分重要；但在中文天地裡，主詞即使經常模糊複雜，但以中文為母語的我們，並不會看不懂。

「廳堂後方緊接的是簡陋的廚房，可以燙野生的菜。」這句子對學中文的老外來說，常常會覺得很混淆，因為「廚房」並不會燙野生的菜，主詞應該是「人」去燙野菜才對；但在中文結構裡，第二句即使沒有用人當主詞，我們一樣能看懂意義。

再例如：I don't want to go to school today. I feel sick.
（我今天不想去上學，我身體不舒服。）台灣學生常會説成
I don't want to go to school today because I feel
sick. 多了一個 "because" 是因為我們中文會習慣這樣表達：
「我今天不想去上課，因為我身體不舒服。」

但在英文裡，把原因放前面、結果放後面，就可以產生因果關
係的意義，不見得非得用 "because" 這個字不可。上述的例
子，很明顯的就是因為我們對於英文語言結構邏輯、或對語言
理解度不熟悉，容易説出或是寫出「沒有嚴重文法錯誤，但卻
不夠道地」的句子。

當我們想要加強閱讀的理解度時，也應該同步了解不同文類的
形式，以及了解我們閱讀的目的是什麼。當我們知道閱讀目的
後，才能決定閱讀策略。

如我們閱讀武俠小説、教科書、雜誌時，心情與方法會截然不
同。小説當然是了解情節，教科書可能就得字句推敲，但如果
我們看的是一本專業時尚雜誌，若我們原本就對服裝顏色、樣
式名稱有了解，這對我們理解文意絕對會有幫助。即便我們無
法完全看懂，還是可以猜出約略的意思。

以閱讀金庸的武俠小說為例，如果只是為了消遣，許多人幾天內就能把一本小說讀完，只要看懂故事情節即可，別的不需多追究。但如果是要把金庸武俠小說當成學問來研究，就要細細研讀找尋意義、抓出關鍵字句，相較之下費時得多。

當我們有意識的閱讀時，應該知道自己的目的是想要娛樂、追求知識，還是尋找資料？不同形式的閱讀，對理解度的需求自然會不同。

📖 流暢度（fluency）： 快速瀏覽，依然能夠了解文章意義

介紹流暢度之前，先來玩個語文小遊戲！

準備一個計時器，下列三段文字，試試看，你是否每段都能在一分鐘之內唸完，而且唸完的同時，也能同步了解全段的意思？

短文一：《天龍八部》第四十一章

- **燕雲十八飛騎奔騰　如虎風煙舉**

  但聽得蹄聲如雷，十餘乘馬疾風般卷上山來。馬上乘客一色都是玄色薄氈大氅，裡面玄色布衣，但見人似虎，馬如龍，人既矯捷，馬亦雄駿，每一匹馬都是高頭長腿，通體黑毛，奔到近處，群雄眼前一亮，金光閃閃，卻見每匹馬的蹄鐵竟然是黃金打就。來者一共是一十九騎，人數雖不甚多，氣勢之壯，卻似有如千軍萬馬一般，前面一十八騎奔到近處，拉馬向兩旁一分，最後一騎從中馳出。

短文二：USA TOADY

A privately owned and operated passenger rail service is on track to begin connecting travelers in four major Florida cities by mid-2017. Today, All Aboard Florida is slated to reveal that the new express inter-city train travel service, which will cost more than $3 billion to build, will be called the Brightline.

一列預定在 2017 年中開始營運的私人經營載客列車，可串連佛羅里達州四個主要大城的旅客。今天客滿佛火車公司宣布，預計要花費三十多億美元，打造「明線」這條全新的城際快速列車。

短文三：*The Rain Came Down*

On Saturday morning, the rain came down. It made the chickens squawk. The cat yowled at the chickens, and the dog barked at the cat. And still, the rain came down. The man yelled at the dog and woke up the baby. "Stop all that yelling," shouted the man's wife. The dog barked louder. And still, the rain came down.

星期六早晨天空下起雨來，使得雞群咯咯抱怨。貓對著雞嚎叫，狗對著貓猛吠。儘管如此，雨仍是繼續落下來。男人對著狗大喊，吵醒了嬰兒。男人的妻子大聲說道：「不要大吼大叫。」狗吠得更猛了，雨仍是繼續落下來。

許多高中學生在推甄面試時，我會請他們唸一段文字給我聽。學生唸完之後，我會問：「請問，剛才那一段是什麼意思？」許多孩子即使才剛唸完一個英文段落，也會告訴我：「老師，請讓我再看一下。」這樣的表現，是因為學生還沒有把閱讀能力跟理解力結合在一起。

把聲音、語意，以及閱讀速度結合在一起，這個概念就是「流暢度」（fluency）。當語言的「流暢度」不夠時，很容易會出現「有唸沒有懂」的情況。「流暢性」指的是，無論我們讀多快，依然能夠抓住文章的意思。

對於閱讀速度能否適當掌握，從朗讀的速度可以略窺一二。當今的中文閱讀，大聲讀在校內似乎不再像過去那樣被強調；但是在西方的小學階段，"read aloud"（大聲朗讀）一直非常受到重視的。

西方國家鼓勵孩子讀出聲音時，會注意到什麼時候應該提升語調，何時該降低、停頓。若沒有經過大聲朗讀，就沒有辦法練習聲音的表情──語調和停頓，讀稿時有可能會出現一口氣說不完，或是說太多短句無法讓他人聽懂語意的情況。

除了大聲朗讀可以練習流暢度外，靈活的將閱讀裡學到的用字遣詞、句型、名言佳句活用在口語表達當中，也是培養「流暢度」的重要一環。

13 三個方法，透過閱讀達到語言內化

當我們走過識別指認、深度理解、流暢閱讀等階段，慢慢累積閱讀能力後，最終的目的，仍需幫助我們自己，發展出以後可以自行閱讀與學習的策略。

這是一個轉換的過程，我們能否把現有資料、訊息，轉換成未來看類似東西時的背景知識。我們「故意模仿」閱讀內容的節奏、文字，學習如何把它內化、成為自己的材料。

透過閱讀的語言內化學習，我們可分成「無意識的學習」與「有意識的學習」，兩種都可以達到內化的目的，只是在所需時間與方法策略上，大相逕庭。

無意識的語文學習，著重於「數量」。當我們看了夠多的金庸武俠小説，過程中不必特別使用什麼方法，無形中便會自然而然吸收金庸的用字遣詞。在時間夠長、數量夠多，日積月累之下，寫作就容易帶出些許金庸的風格。

長篇題材如小説，是很適合練習閱讀的選擇。因為篇幅量夠，故事內容又包含情節，比較不會枯燥。再者，長篇閱讀著重邏輯思緒跟語感，作者會不斷重複用同樣的句型。以《傲慢與偏見》的作者珍·奧斯汀（Jane Austen）為例，有人研究，她的名著裡常用的單字大約就是五千字，且同樣句型會不斷重複出現。

然而，有意識的語文學習，會更著重在「模仿策略」。由於希望在有限的時間內，達到某個特定目標，因此會建議依據個人喜好，抓出能勾起自己動機、也能產生共鳴的有趣素材，刻意讓自己在相同的架構或形式之下，替換掉關鍵字，造出屬於自己的句子。

無論是閱讀中文或英文，「讀出精髓」的要領其實很相近。若我們能帶著孩子，從淺到深讀出文章裡的用字遣詞、句法結構、連結邏輯、生動描寫，乃至於更深層的批判思考等層次，那麼就愈能達到透過有意識的閱讀，來學習的效果。

📖 找出主詞和動詞，根據意思把句子拆成小單元

根據我的觀察，許多學生閱讀的問題在於，非要把每個字都查個一清二楚，才能看懂文章意思；一旦在閱讀遇到生字，便有焦慮感，讀不下去了。

這中間有個很大的原因在於，我們的孩子從小就很少做大量的閱讀，他們只讀課本，課本裡的內容以語法結構為主，每個字詞都有解釋和翻譯，因此養成了「要看懂所有字詞才能看懂意思」的壞習慣。

學習觀摩站

- **例子一**

  In South Korean / English-teaching robots / are helping some students / learn English.

  在南韓／英語教學機器人／正在幫助一些學生／學習英文。

- **例子二**

  ... on those marvelous birthday mornings, / he would place it carefully / in a small wooden box / that he owned, / and treasure it / as though it were a bar of solid gold; / and for the next few days, / he would allow himself / only to look at it, / but never to touch it. / Then at last, when he could stand it no longer, / he would peel back a tiny bit of the paper wrapping / at one corner / to expose a tiny bit of chocolate, / and then he would take a tiny nibble— / just enough to allow the lovely sweet taste / to spread out slowly / over his tongue.

  在那些神奇的生日早上，／他會小心地放在／一個小木盒中，／他擁有的。／珍惜它好像是一條金塊。／接下去幾天，／他只會允許自己／看著它，／但是不碰它。／最後，當他受不了時，／他會剝下一小片包裝紙，／在一角，／露出一小小片巧克力，／然後吃一小小口，／足夠讓甜美的滋味，／慢慢散開／在他的舌頭上。

只讀短篇文章，還會出現另一個不足。短篇文字比較偏向單一想法的敘述，可能在一、兩頁之間就結束了；但長篇文字的閱讀，邏輯性和結構性勢必得愈複雜，才能呈現出閱讀的多種面貌和文章概要。

我還發現，許多英語成績很好的學生，都有「大量閱讀英文故事」的習慣。儘管他們不可能知道每一個字，但在閱讀過程當中若看見不認識的字，並不會產生焦慮感。因此我鼓勵學生要有「猜字」的能力，根據上下文去猜測可能的意思。

以 "Identical twins have almost all of their genes in common so..." 這個句子為例，我們只要知道 twin（雙胞胎）的意思，即便不知道 "identical" 的意思，也不至於誤解了句子。我們不需為了要理解生字而立刻停下來去查字意，而打亂閱讀節奏。

說到這裡，當然一定有讀者會這麼舉手提問：「萬一我的字彙庫少得可憐，在閱讀的路上處處受阻礙，該怎麼辦？」這時，我會建議他們問問自己，我們閱讀的目的究竟是什麼？我們閱讀的目的，主要是在增加單字嗎？

我們讀《時代雜誌》（*Times*），目的並不是為了學單字，而是在想要知道裡面內容的過程中，「不小心」學了一些字彙。

所以閱讀時，不斷出現的關鍵字，才是值得我們拿起字典來查詢的。

我個人對於「查關鍵字」的定義是：如果一篇文章裡面，同一個字出現三次以上才算是關鍵字，也應該是在這個字出現第三次之後，再去查它的意思。當一個字出現三次以上，我們就會感覺到焦慮，查清楚那個字的意思之後，你記住的時間也才能長久一些。

📖 拋棄「死背句型」，用「歸納」的方法認識句子構造

很多英文初級學習者，在一開始學習時會很注重文法結構，其實這是不需要的。我常建議孩子，專注在英文本身的句法，而不是去記 "I" 一定跟 "am"，"he" 後面必然接 "is" 這類的文法細節。

當我們在故事、文章裡，看到十幾個這樣的句子 "I am a penguin." "I am a tiger." "I am a panda."…… 大腦會很自然地把 "I" 與 "am" 連結，這就是用「歸納」的概念在閱讀。延伸到寫作，我們也會自然的寫出 "I am..." 的句子。

我兒子的英語學習歷程，就是從「歸納」出發的好例子。他很小開始，我就陪著他共讀英文故事書，文法從來不是我陪伴他學習英語時所強調的重點（不可諱言，學校依然會考文法）。

有一次我看著他國小英文考卷上的文法題目，很好奇問他：「奇怪，你怎麼知道 I 後面要接 am 呢？」他一臉理所當然的回答我：「因為我從來沒有在故事書裡面看過『I is』的說法啊！」

這就是我再三強調「歸納」的魔力，「大量閱讀」才是語言學習的王道！

當我們把心思放在「I 一定用 am」「he, she 第三人稱用 is」或是「I 接 go, you 第二人稱接 go，he, she 第三人稱接 goes」時，寫作產出時，還是很容易忘了第三人稱後面接的動詞要加上 s 或 es。

我長年走訪教學現場，發現老師在教疑問句 "Can you…" 的句型時，很容易這樣解釋：「就是把肯定句裡的 can 拉到前面，變成疑問句。」在我看來，這種說明不是很好。

我的觀察是，像這樣的 "Can you…" 句型，最好直接提供八到十二個真實的句子，類似這樣：

Can you dance?

Can you go to his party?

Can you cook?

Can you make a kite?

Can you swim?

Can you play football?

Can you skate?……

讓學生自行用「歸納」的概念得出結論：在哪種情境下，用「Can you ＋自己需要的動詞」就對了。

📖 透過「挪移」與「替代」，從閱讀中練習語法與結構

我們還可以用什麼方法學習語法結構呢？

還記得小時候國語教學的「照樣造句」嗎？「挪移」與「替代」就是個很棒的小技巧，可以創造出屬於自己的句子。這是

一個只從「單純輸入」慢慢進展到「小幅度輸出」的套用過程。從自己熟悉的字詞替換起步，讓閱讀素材，慢慢成為自己腦中資料庫的一部分。

以下四種詞彙與句型的套用練習，從相同句型、相同情境但不同字詞的套用，到字詞相同，但句型不同的套用等，都可以幫助孩子舉一反三的練習，引導他們造出適合他們自己程度、符合他們生活經驗的句子。

不同字詞、同句型的套用

- **練習 "when..." 的用法**

  原例：**When** she walked in, they were watching TV.

☞ 練習 1：**When** Mary returned, the dog was still there.

☞ 練習 2：We were about to leave the house **when** the phone rang.

同字詞、不同句型的套用

- **練習 "put on" 的用法**

  原例：It is cold outside, so Peter **puts on** his coat.

  ☞ 練習 1："Don't forget to **put on** your coat," she says.
  ☞ 練習 2：I **put on** the coat and found it too big.

同句型、不同情境的套用

- **練習「be 動詞 + Ving 進行式」的用法**

  原例：They **are going** out for dinner tonight.

  ☞ 練習 1：I **was cleaning** my room when Mom came back.
  ☞ 練習 2：When **are** Peter and James **going** back to the States?

同樣情境，不同字詞

- **練習「命令句型」**

  原例：Smoking is not allowed here.

☞ 練習 1：Turn off the light right now.

☞ 練習 2：Please follow me this way.

有意識的閱讀，可以提升學習效率。當我們看到好的詞彙、好的語法結構，要懂得「偷過來」成為自己的詞彙，變成自己的語法結構。

從閱讀進化到寫作的過程中，養成一天至少閱讀半小時的習慣，持之以恆，對於語言學習的內化絕對有助益。如果我們要加速這個「語言洗腦」作用，最好的方法就是自己也寫下來，像是讀完故事之後，自己寫一篇心得感想。

不需刻意看完一本才寫，也不需要規定多長的文字；你看完有什麼心得就寫下來，讓學習不僅有「輸入」，更有「輸出」。

14 跟著好範例，讀到重點，讀出技巧

要讓孩子從閱讀中學習到寫作技巧，最好的方法便是模仿好句型與架構。實際動手寫，創造自己的詞彙與句型。

當我們從閱讀中歸納出句型，自己再照著句型，實際寫出兩、三個句子來印證，寫得正確，這個句型從此就記在腦子裡，也等於是內化了。

這中間的關鍵在於，歸納出來的東西，一定要「實際動手」寫出來。孩子或學生讀完一本故事書之後，家長或老師應該要求他模仿書裡面的句子，寫出至少兩個句子。

「用手書寫下句子」是很重要的過程，所謂寫過必有痕跡，手在寫的同時，大腦和眼睛同時也在活動著，一起幫助記憶這個句子。

跟著下面幾頁介紹的中英文閱讀好範例，一起練習讀出文本的重點，你會發現深度閱讀沒有想像中的難，邊讀真的就能同時記住好句型。

📖 中文初級範例：《下雨了》

ㄅㄧ　ㄅㄚ　ㄅㄧ　ㄅㄚ

下雨了，

地上長出綠綠的小草。

ㄅㄧ　ㄅㄚ　ㄅㄧ　ㄅㄚ

下雨了，

地上開出紅紅的小花。

哇！

好美的大地！

唸完這首小學一年級的新詩，不難注意到「地上長出綠綠的小草……地上開出紅紅的小花」，這種屬於對稱式結構的句型。在感受雨水與土地彼此間的回饋外，透過「ㄅㄧ　ㄅㄚ　ㄅㄧ　ㄅㄚ」的雨滴聲，帶出了節奏感，這對於剛開始學習語言發音語調的孩子來説，也有莫大的助益。

📖 初級英文範例：My Little Dog

My little dog goes down the hill... and she comes back to us.

My little dog goes under the gate... and she comes back to us.

My little dog goes over the bridge... and she comes back to us.

My little dog goes through the grass... and she comes back to us.

My little dog goes around the trees... and she comes back to us.

My little dog goes into the hole... and she comes back to us.

My little dog goes up the hill... and she goes to sleep.

在初級的閱讀內化裡，我們要學的是熟悉句子結構，進而練習動詞的使用和主詞的變化。我們保留句型結構，換掉關鍵詞，創造出不同的語意。在同樣的架構下，讓孩子寫出跟本來語意大不相同的句子，孩子就能學會這種句法。例如下列範例：

- **範例 1**
☞ Our pony runs into the woods then she comes back to us.

  我們的小馬跑進樹林裡，然後再回到我們身邊。

- **範例2**

☞ The little dog jumps into the pond then he comes back to me.

小狗跳進池塘裡，然後再回到我身邊。

📖 中文中高級範例：徐志摩《我所知道的康橋》

靜極了，這朝來**水溶溶**的大道，只遠處①牛奶車的鈴聲，點綴著周遭的沉默。順著這大道走去，往煙霧濃密處走去，頭頂是交枝的榆蔭，透露著**漠楞楞**的曙色；③走盡這林子，望見了村舍、初青的麥田、三兩個饅形的小山；山巖是望不見的，有常青的草原與沃腴的田壤。康橋只是一帶茂林，擁戴幾處娉婷的尖閣。

中文閱讀，我個人認為最該注重的是「主詞的轉換」。中文時常省略主詞，但我們還是看得懂，就結構來看，中文寫作跟英文寫作非常不同，句子和句子之間的連結沒有那麼緊密，倒比較像是一個想法接著一個想法。

以《我所知道的康橋》為例， 我們在描寫一個抽象的意念時，時常會用相反的東西來襯托。徐志摩在這裡描寫「靜」的方式，是用牛奶車的「鈴聲」帶出整個環境的寂靜。這種鈴聲不可能像是轟隆的火車經過發出的那種驚天巨響，一定是比較沉靜的叮叮聲，但仍能讓人清楚聽見，可見得周遭環境有多麼安靜了。

在結構上，場景和動作交替出現，讓我們感覺自己跟他走進他望見的康橋街景。此外，在修辭上他用了不少三個字的形容詞，如水溶溶、漠楞楞等。在詞彙選用的中文味道十分濃厚，詩意十足，因此儘管是在描寫英國名都的景色，我們讀來時，竟感覺自己走進恍如桃花源般的中式風景了。

📖 英文中高級範例：《夏綠蒂的網》（*Charlotte's Web*）

① Fern loved Wilbur more than anything.

② She loved to stroke him, to feed him, to put him to bed.

③ Every morning, as soon as she got up, she warmed his milk, tied his bib on, and held the bottle for him.

④ Every afternoon, when the school bus stopped in front of her house, she jumped out and ran to the kitchen to fix another bottle for him. She fed him again at suppertime and again just before going to bed.

芬兒愛韋伯勝過任何事物。她喜歡摸著牠、餵牠、哄牠睡覺。每天早上，芬兒起床之後就會溫熱韋伯的牛奶、綁上圍兜，幫牠拿穩奶瓶喝奶。每天下午，校車在她家前面停妥後，她就會跳下車來，立即跑進廚房，再為韋伯弄另一瓶牛奶。晚餐的時候她又餵了一次，同樣的動作睡前會再做一遍。

所有的語言學習基礎都在閱讀，閱讀是一個很複雜的過程。流暢閱讀應該有五個不同的步驟：第一個步驟是認字（除了聲音跟語意之外）；第二個步驟是理解度，理解意思和分析文章；第三個步驟是了解修辭與結構性的東西，了解語言的美跟修辭上的結構；第四個步驟是培養對該語言文化的認知；最後一個是如何用我們學習的語言去思考。

經過閱讀的練習，在輸出寫作時，過往很容易出現跳躍式的思考，使得句子不連貫，無法有完整的畫面。從閱讀故事中，可以學到英文寫作上一些特殊的表達方式。

以《夏綠蒂的網》為例，① Fern loved Wilbur more than anything. 後面的②就是來強化第一句，③＋④句的細節給了更具體的說明，來刻劃小女孩 Fern 喜愛 Wilbur 小豬的程度。不僅把整個句子結構支撐得很完整，也成功營造了氣氛。

很多老師都希望學生能寫出好的英文作文，卻不教怎麼做。經由上述的分析，在學生寫出第一句之後，若能找出這一句的關鍵字，並思考怎麼「延續」或是「拉長」關鍵字的意思或是含意，就能寫出第二句，第二句寫完之後接著第三句，只要有三句就成一段落了。

超明老師看英語學習

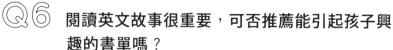

Q6 閱讀英文故事很重要，可否推薦能引起孩子興趣的書單嗎？

閱讀故事與小說，永遠是學習語言最好的方式。隨著故事情節，投入作者想像的世界，忘記自己是在學語言，反而只是在享受這種神奇的文字力量，不知不覺就將語言學會了。

最好的文字是在文學作品中、是在說故事人的世界裡。閱讀小說，多多注意文中使用的動詞、運用的語法。故事與小說中，不斷重複出現的單字或句型，都是我們可以模仿與內化的語言精髓。

📖 小學生可閱讀的英文故事書

貪心貓系列（Greedy Cat Stories）
出版社：School Publications Branch

紐西蘭作家喬伊考莉（Joy Cowley）與插畫家蘿賓貝爾頓（Robyn Belton）所合作的繪本故事集。

描繪一隻貪心貓咪跟人類家人相處的故事。故事作者使用幽默有趣的情節，搭配貓與人類相處的種種不同思維，形成一幅溫馨且充滿驚奇的喜劇畫面。書中運用一些擬聲字，模擬不同動物的姿態與表達，並利用文字的押韻與節奏，產生有趣的聲音效果，對於英語語言學習頗有助益。

系列裡其中一本《貪心貓參加學校寵物秀》（*Greedy Cat and the School Pet Show*），以貪心貓被主人強迫參加學校的寵物秀為故事主軸，點出貓咪與主人心態的不同，文字生動、節奏鮮明，最後結局令人莞爾。

亞瑟冒險系列（Arthur Adventure Series）
出版社：Little, Brown Books for Young Readers

美國童書作家馬可布朗（Marc Brown）創造的亞瑟冒險故事，深受小朋友的喜愛，其故事改編成電視節目，曾連續三年蟬聯美國公共電視排名第一。

故事以一個化為人形的食蟻獸亞瑟（Arthur）的學校生活為主。作者大抵以懸疑與驚奇的開頭吸引讀者注意，透過抽絲剝繭的敘述方式，引出一系列有趣情節。故事情節大抵環繞在兒童或青少年的家庭、學校或社區生活，主角所出現的成長問題或遭遇是故事的主要結構。

其中一本《亞瑟的情人節》（*Arthur's Valentine*），敘述情人節當日，有位祕密崇拜者寄了張情人卡給亞瑟，展開一連串的猜測，最後結局溫馨收場，讓人不知不覺感受這些故事的甜蜜。

趣味閱讀系列（Fun Reading, Books 1-4）
出版社：Cherrybooks

這是由 Cherrybooks 所出版的一系列兒童閱讀故事，第一冊的童話故事到第四冊的鬼精靈故事，大抵取材自西方民間傳說或經典的文學名著，改編後的內容非常適合小學生閱讀。

每本故事書的英文單字字量控制在 300 至 500 字間，對於想強化自己的單字量及閱讀能力的小學生來說，頗有幫助。

故事充滿驚奇與想像力外，還具有文化導引及人生正面價值的學習面向。如第四冊的神話故事潘朵拉（*Pandora*）為例，雖然少女潘朵拉的好奇心引出人類災難，但故事最後仍保留希望（hope）。

一系列曲折有趣的故事，到底能帶給閱讀者什麼啟發？本系列故事文字簡潔且用詞精確，深具語言、文化與思考訓練，是一套很棒的學習功能故事書。

📖 國中生可閱讀的英文故事書

時空膠囊系列（The Time Capsule）
出版社：Starscape

這是一系列 Helbling Readers 的故事書，作者是羅伯坎貝爾（Robert Campbell）。故事以女主角 Jan 在歷史課上所做的作業計畫為主題。

歷史老師要求全班製作時空膠囊（time capsule），並把它埋在花園裡的蘋果樹旁。一天晚上，暴風雨來臨，Jan 在神奇的力量下，穿越時空，開始一連串冒險。

這是一個結合歷史與幻想的奇妙故事，到底 Jan 會碰到什麼困境？如何回到現在，作者每次都會給你不一樣的答案！

故事中帶出小女生的價值觀，也回顧她在現實生活中的一些想法。整本故事搭配一些學習活動，從單字到問題思考，作者慢慢引導讀者領會英文文字的學習樂趣。

我是傑克系列（Jake Drake）
出版社：Atheneum Books for Young Readers

這是美國青少年作家安德魯克萊門斯（Andrew Clements）所著的我是傑克系列，故事內容以傑克（Jake）的第一人稱觀點，敘述他在學校及家庭生活的點點滴滴，尤其是兒童或青少年成長中所碰到的問題。

在系列裡《我是傑克，完美馬屁精》（*Jake Drake, Teacher's Pet*）這一本小說中，提到傑克是老師心目中理想的學生。這呼應了許多孩子在求學過程中的夢想，成為全校的焦點、老師的寵兒，不管是在同學心中或老師眼裡，這樣的學生好似享有很多特權，甚至犯錯，也可以輕輕被放過。

但是這種「師寶」身分，是否真如我們想像中那麼美好呢？其實不然，看看傑克在這本小說中的遭遇，我們就可以體會那種備受寵愛所必須要付出的代價。傑克如何解決自己所面對的困境呢？這本小說，不僅文字生動、描寫細膩，更是解決問題與創造性思考的絕佳文本。

《巧克力冒險工廠》（*Charlie and the Chocolate Factory*）
出版社：Puffin Books

羅德達爾（Roald Dahl）這本1964年出版的小說，描寫家境清寒的小男生查理（Charlie），在一次巧妙的機緣下，與另外四個富裕又貪婪的小孩，一起進入當地一家神奇的巧克力工廠，接受主人威利旺卡（Willy Wonka）的道德考驗。最後這五個孩子，只有貧窮但高貴的查理通過考驗，獲得神奇的回報。

這本奇幻小說（fantasy），充滿同類型小說（如《哈利波特》、《納尼亞傳奇》、《愛麗絲鏡中遊記》）共通的吸睛元素：善與惡的對立、善報與懲罰的道德啟發、幻想與現實的矛盾。故事主角透過神奇的媒介，進入奇幻世界展開冒險。

閱讀這類小說的樂趣，不僅是最後的道德啟發（善念打敗惡魔），最重要的是想像力運作。作者創造令人驚奇的場景與曲折的情節，讓我們陶醉在這些幻想的國度裡。小說的文字用詞生動，尤其是英文動詞使用與場景動態描述，更是整本小說最精采之處。

📖 高中生可閱讀的英文故事書

手斧男孩系列（Hatchet）
出版社：Simon & Schuster Books for Young Readers

美國作家蓋瑞伯森（Gary Paulsen），致力於青少年文學創作，對於當代年輕人的成長以及大自然的第一手接觸紀實，著墨甚多。《手斧男孩首部曲》更是其中的經典代表作。這套融和自然成長及野外冒險的小說，其主題及探索的課題，帶有濃厚十九世紀美國作家傑克倫敦（Jack London）的影子。

故事主人翁布萊恩（Brian），是一位住在紐約的十三歲小男孩，父母離異後，獨自搭飛機前往父親位於加拿大的居住地。小飛機橫越加拿大北方森林，由於機上駕駛心臟病發作而暴斃，飛機墜毀在荒野當中。在這杳無人煙的曠野，小男孩必須獨自面對森林裡未知的一切，例如：熊、狼、駝鹿等野獸；不知名的植物；即將到臨的寒冬；心中最深的恐懼與孤寂。

當你面對人生重要抉擇的時刻，透過布萊恩的成長故事，能帶給你什麼樣的啟發？你又會如何思考，以面對艱辛的未來呢？

《記憶傳承人》（*The Giver*）
出版社：HMH Books for Young Readers

這是美國作家露薏絲勞瑞（Lois Lowry），於 1993 年出版的未來科幻小說，2014 年被改編成同名電影《記憶傳承人：極樂謊言》（*The Giver*）。

這本小說以未來社會為背景，探討烏托邦世界的感情與理性的生活型態。主角喬納思（Jonas）生活在一切都受於監控下的未來社區：氣候永遠保持舒適宜人，所有造成危險、痛苦的因素都被移除。為了追求平等，這個世界利用基因工程，讓社區裡的每位居民外表體型都差不多，而且都是色盲，區別不出顏色，對外在事物的認知也沒有多大的差別。

這是個理想化，也被美化過的生活社區。然而，安全舒適的幸福生活，是否為人類追求的終極目標？如果有一天，人類因求安全舒適而犧牲了自由意志，捨去了情感，這就是我們追求的烏托邦嗎？人之所以為人，難道不是享有選擇的自由與人的自覺性？（It's the choosing that's important, isn't it?）

喬納思被指派為社區中唯一的「記憶傳承人」，擔任這個職位的人享有特權，可以任意活動，向任何人提問，還可以說謊。由記憶傳授人直接傳授前人記憶，並在記憶傳承人的帶領下，喬納思漸漸看到他從未察覺的事情，思索到他從未涉及的議題。

他逐漸領略到另一個世界，體驗身體病痛、貧窮飢餓和戰爭殘酷；但那也是一個色彩繽紛的世界，冒險的同時伴隨著快樂，多樣選擇的彈性，與充滿多種可能的未來。

《暮光之城》（*Twilight*）
出版社：Little, Brown Books for Young Readers

這是美國作家史蒂芬妮梅爾（Stephenie Meyer）一系列的吸血鬼小說，結合愛情與神祕的色彩，締造了全球熱銷的佳績，版權轉售至三十多個國家。

這一套以青少年愛情及冒險為主軸的小說，探討生命與死亡、激情與愛情、短暫與永恆等西方文化常觸及的議題。

小説一開始，由女主角貝拉（Bella）以第一人稱的角度，道出青少年的孤獨與無助。由於父母離異，她被迫來到陌生國度，並被學校裡神祕的庫倫（Cullen）家族所吸引。此時的她，遇上人生中最大的震撼——愛上了俊美的吸血鬼少年愛德華（Edward）。

一見鍾情的愛情觀，透過作者生動的文字，產生了絕美的效果。但是人類與他族間的激情，將面對如何的挑戰呢？懸疑又帶有奇幻的場景與情節，吸引全球數億的讀者。這一系列共四本小説的故事情節，更翻拍成電影，締造全球數十億美元的票房佳績。

女主角對愛情的執著，年輕人間的友誼，自我與他者間的衝突，都是這套小説令人深思的地方。

 PART

寫作能
活用與組織語言

- 要達到語言內化，必須「有意識」的學習，把看到的好詞彙、好句法結構，先記錄下來，再透過任何可能的機會運用出來。

- 任何寫作要能感人，都要帶出溫度。在客觀描寫之外，用細節、場景鋪陳，讓讀者感受深刻。

15 把佳句用到創作中，拉高書寫層次

> 「情不知所起，一往情深；恨不知所終，一笑而泯。」
>
> ——《笑傲江湖》
>
> 「書到用時方恨少，肉到肥時方恨多。」
>
> 「我是一文不值，狗屁不如。你呢，就有如狗屁，值得一聞！」
>
> ——《鹿鼎記》
>
> 「那都是很好很好的，我卻偏偏不喜歡……」
>
> ——《白馬嘯西風》

上面這幾句出自金庸武俠小說的經典名句，若是金庸迷，應該很熟悉，或許曾經將這些句子運用在自己口說或寫作裡；若不是金庸迷，看到這樣的句子也會產生會心一笑的觸動感，不禁覺得這些句子講得好傳神，真該學起來！

能分辨出好的文句，就能注意到這些句子選用的詞彙、句型和語法，除了可以增加我們字彙庫、豐富句型外，還能累積賞析美詞、美文的能力。若能再經過消化，將這些讓我們印象鮮明的句子——付諸行動，找到機會改寫和套用，就能推進語言學習的層次，進入內化階段。

要達到語言內化，必須「有意識」的學習，主動把看到的好詞彙、好句法結構記錄下來，再透過任何可能的機會運用出來。

「把他人文章轉換成自己的東西」，並不是指一味照抄別人的文章，而是模仿他人的句法結構和寫作技巧。或許在初學時期，必須帶點刻意的去做、去學，經過一段時間，就會成為不自覺的自動化歷程。

學習語言，就跟學開車的道理一樣，當我們剛學會開車時，需要不時提醒自己，轉彎時要打方向燈。技巧熟練後，來到街口準備轉彎，在腦袋還沒意識、反應過來前，手就會先發一步打方向燈。這個進步的過程，就是內化的結果。

熟練鑑賞與轉化能力，在寫作部分，可從下面這些小步驟開始練習輸出：

- 欣賞：先找出文章中，讓自己深受感動或是喜歡的段落。

- 反思：思考怎麼做，可以把自己喜歡的部分應用到寫作裡。

- 練習：看到好的結構或是詞彙，一定要想辦法在下一次的作文或是作業裡運用。

- 驗證：當老師對這些句子重製的成果反應不錯或是沒有察覺不對勁時，就表示我們把這句法或是詞彙用對了。

．

讀過的東西馬上應用，用對了，自然會在記憶裡留下深刻的印記。當這些好的句子結構變成自己語言能力一部分時，就不容易再忘記。但若我們只停留在「欣賞」美文的階段，幾個星期過去，也就從我們的記憶裡淡出。淡出後，要再次使用，勢必花上更多心力。語言學習若要達到內化階段，勤於「產出」是需要也是必要的。

16 從經典的作品中，找出模仿好範本

賞玩文章的要點分別為：詞彙使用、語法結構、意象營造。任何寫作要能感人，都要帶出溫度。在客觀描寫之外，用細節、場景鋪陳，讓讀者感受深刻。寫文時，要不斷嘗試盡量讓文字能夠具體化，呈現出一個視覺上的畫面或是情境氛圍。

接下來將對中文和英文各一例經典短文加以分析，帶著你一起擷取、解構經典短文。

📖 中文範例：張曼娟〈鞦韆的孩子〉

> 我坐在公園裡①歇歇腳，感覺著一陣快走之後，身體釋放出的熱氣，在清風的吹拂下，漸漸被安撫。②周圍的孩子追逐奔跑，遊樂場有簡單的單槓、蹺蹺板一類的設施。陽光從樹蔭中篩下來，③溫柔的映照在孩子圓圓的笑臉，瞬間把我帶回童年……

✏️ 詞彙使用

①「歇歇腳」表達得相當傳神，走路走到腳累了，讓腳休息一下，歇一歇。文字和語言不同的地方在於，文字會帶出想

像和視覺的效果。口語表達上，意義很重要，但在文字敍述上，重要的反而是帶出意義。「歇歇腳」三個字帶出緩慢下來的節奏。如果把「歇歇腳」換成「休息」，整個句子的意思不變，但原本語音上的動感和影像瞬間消逝，只剩下一個象徵停下來的「動作」。

②變換主詞。主角在坐下來之後，很自然的望向四周。陽光從樹蔭中「篩」下來，「篩」字用得巧妙。描繪出片片樹葉遮擋住陽光，帶出灑落下來的陽光沒這麼炙熱的意象。

✎ 語法結構

①用一個長句子把節奏拉長，讓我們感覺人從「快走」的躁熱心情（身體的熱氣），慢慢地轉變成「靜態」的歇息。

✎ 意象營造

③「孩子圓圓的笑臉」帶出了滿臉的笑意，摹寫出孩子的開心和快樂，在文稿中自然不再需要寫出「孩子很快樂」的直白字眼。

📖 英文範例：海明威《老人與海》 (*The Old Man and the Sea*)

He was an old man / who ① fished alone in a skiff / in the Gulf Stream / and ④ he had gone eighty-four days now without taking a fish. / ...

⑤ The old man was thin / and ② gaunt with deep wrinkles / in the back of his neck. / The brown blotches of the benevolent skin cancer / the sun brings from its reflection / on the tropic sea / were on his cheeks. / The blotches ③ ran well / down the sides of his face / and his hands had the deep-creased scars / from handling heavy fish / on the cords. ...

⑥ Everything about him / was old / except his eyes / and they were the same color / as the sea / and were cheerful / and undefeated. ...

他是個獨自在墨西哥灣流中，駕駛一艘小船釣魚的老人，到目前為止八十四天過去了，一條魚也沒釣上⋯⋯

老人瘦削而憔悴，脖頸後有幾道深深的皺紋。兩頰上的褐斑，從臉龐兩側向下蔓延。這些斑塊是熱帶海洋陽光反射，照在皮膚上形成的良性癌變。他那雙長年拉網打魚的雙手，勒出了幾道深深的疤痕⋯⋯

> 老人渾身上下顯得相當衰老，除了那雙像海水一般蔚藍的眼睛，露出歡快、不服輸的光彩。

✎ 閱讀策略

可以參考斷句方式，將上面範例段落拆成一些短的句子。

✎ 詞彙使用

①把一般人用的名詞 fish，當成動詞使用。

② gaunt，讓前面的形容詞 thin 不至於過於籠統，gaunt 是瘦弱到出現疲態、老態，多半用來形容老年人，用在這裡再適合不過。

③動詞 ran 在這裡用得相當貼切，表現出曬斑、老年斑沿著臉頰一側分布到雙手。

✎ 語法結構

④多數學習者不太懂得如何使用 without 的分詞片語句子。看到這個句型的好範例，可多加研究了解。

✎ 意象營造

⑤這段把老人外貌精準的描寫出來,滿身傷痕、近乎營養不良的老人,在精神上,鬥志仍然高昂,跟虛弱的外表幾成反比。

⑥這裡不直接把老人眼珠顏色說出來,而說成跟大海一樣,除了直接聯想到藍色之外,也讓人感覺老人的眼睛如大海深沉、鎮靜。我們若有機會描述某個人的時候,也可以套用這個的句型,例如:Everything about my father is rough except his hands and they are tender and smooth. My father protects and takes care of his hands. (我爸身上每一處地方都相當粗糙,唯獨那雙手,細緻又柔滑。我父親是如此留心的呵護著自己的雙手。)

學到「詞彙使用、語法結構和意象營造」這三項元素之後,還得要付出「行動」才能成功的內化。語言學習到後面階段,「產出、輸出」(output)和整合也是重要的一環,唯有將學到的元素化為具體的成品,才能內化成為自己的東西。

17 從讀到寫，練習輸入後的輸出

要把閱讀的文字內化成自己的內容，的確需要一些具體性的操作才能達成。常用的方法有三個，分別是「摘要、引用和詮釋」，可以在閱讀後，練習寫作時產出。至於高階的語言能力——評論，則建議大專院校以上的學生練習，讓自己的語言能力更上一層樓。

📖 閱讀後，練習寫作的四個技巧

✏️ 摘要（summary）

讀完一篇文章之後，能說出梗概。找出原文中重要的精義、要點，去掉細節，濃縮成三十到五十個文字的概要內容。練習摘要可以增進對語意的了解、段落結構的認識，也學到把句子裡的字詞結構加以消化、濃縮再用出來。

✏️ 引用（quote）

從文章中找出一段可以加以應用的名言佳句，能讓自己的論述更有論點和影響力。引用名家大師話語時，不該為了用而用，而是要用得恰如其分，才能顯出說話的力量。引用最大的功能，在於學習如何從一段文字中找出最精采的句子；自己愈有

感觸的句子，記住的機率自然就會提高，還能增進記憶力和未來使用率。

✎ 詮釋（paraphrase）

近似於改寫，不僅要先消化句子的意思，還要克制自己不去使用別人的句法，而是用自己的文字、結構來表達出相同的意思，同時運用前述兩項能力。詮釋必須在不違背原意之下，用自己的話重新說一遍。通常詮釋能力愈好的人，對於語言的駕馭能力也就愈好。

✎ 評論（criticism）

針對文章所做的回應和批評。例如，我們在閱讀時，能夠判斷出書中不夠精準的部分，也應該抱持自己獨特的見解，或是去分析自己的觀念跟書中所言是否一致、相同。可以試著把自己的想法寫下來，作為對照或是評論。如此一來，我們才能算是真正吸收對方的句子、概念，再轉換成自己的想法。

📖 跟著好範例，試著寫出來

上面提到的四個技巧，「評論」是最高階的。這裡的範例先試著帶大家練習前面三個技巧。

📖 中文範例：104 年國中教育會考國文閱讀測驗

> 淡水河的廣大水域，其實是一個超大的天然水庫加水源供應網和天然排水道，如果不是它的支流日夜不斷地提供新的水資源，石門水庫和翡翠水庫能免於乾涸嗎？印度人把和他們生命息息相關的恆河視為聖河，埃及人的聖河是尼羅河。從這樣的觀點看來，淡水河，這一條發源於聖稜線，為數百萬人口所賴的河流，是不是也應該被我們尊之為聖河呢？

✏️ 摘要演練

範本：

印度人把和他們息息相關的恆河視為聖河，從這觀點看來，淡水河為數百萬人口所仰賴，是不是也應該被我們尊之為聖河呢？

讀者練習：

_____

_____

_____

_____

_____

✎ 引用方向

未來當我們要説到山脈、或是台灣本島河流相關主題時，便可以把這一段加進去，作為例證或是加強力量。

✎ 詮釋演練

範本：

淡水河是大台北地區居民主要的用水來源，寬廣的支流水域，讓淡水河日夜都有河水流淌，以供廣大的用水戶不致匱乏、缺水。世界各國如埃及、印度人民的心目中，都有一條跟他們生活息息相關、仰賴維生的神聖河流，從這觀點來看，日日不間斷供應水的淡水河，是否也是大台北居民心目中的聖河？

讀者練習：

_____

_____

_____

_____

_____

📖 英文範例：104 年國中教育會考英文閱讀測驗

With less time spent at school, their chances of getting well-paid jobs are small, and they often have no voice in important matters, like who to marry. These girls are often married into poor families. They have little money or knowledge to take care of their children, who often end up dying young. For the baby girls who are lucky enough to live, their life may still center around "water," just like it did for their mothers.

✎ 摘要演練

範本：

With less time spent at school, these girls often have no voice in important matters and are often married into poor families.

讀者練習：

_____

_____

_____

_____

_____

✎ 引用方向

提到女性主義或是女權的文章時，可以用這一句作為例證。

✏ 詮釋演練

範本：

In Tanzania, girls have to spend more time than boys collecting water where water is very important in their lives. Unfortunately, with less education they have little opportunities of having the power to decide their own life, particularly marriage. They often end up getting into a poor marriage.

讀者練習：

_____

_____

_____

_____

_____

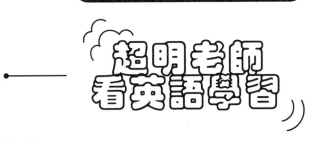

Q7 如何從國小開始，培養孩子英語寫作力？

寫作是語言學習內化的過程，就英文寫作來説，書寫者必須具備一定的語言掌握度，懂得英文的書寫習慣外，還要有清晰的邏輯思維，才能寫出一篇能夠讓閱讀者理解文意的文章。

要開啟英文寫作之路，對孩子來説並不是這麼容易的一件事。非常建議國小階段的孩子，提筆寫英文從每日 "I" 開始。從「我」開始練習用英文寫下每天有意思的事，「自言自語的對話」「今天發生什麼事」都是很值得記錄的日常小事。每天的 "I" 練習，還可以透過模仿不同的句型，精進句型的運用能力。

閱讀過程中，看到嘉言佳句，也很鼓勵孩子抄寫下來，多寫一次，就多增加一點記憶，腦袋裡也就存有更多可使用的好範例。

進入中學階段的孩子，閱讀故事、小説的含金量逐漸增多，更是寫作上最好的練習機會，邊讀邊做筆記，做完筆記後還可以嘗試做摘要和長話短説。透過讀進去後，再立即寫出來的輸出過程，就是語言得以內化的絕佳妙招。

PART

維持
語言學習的長效性

- 語言學習後進行的反思,是相當重要的過程,能夠讓學習更加內化。

- 學習不該淪為囫圇吞棗的通盤吸收,唯有自己有興趣的內容,才能愈記愈多,愈來愈會活用。

18　該被釐清的
四個英語學習觀念

學校所教的英文，必須能夠在真實生活中使用才有價值。我經常在許多場合分享，為了文法而編的教科書，實在不該存在。

小學生最重要的語言能力，應該是設定為能閱讀一些簡單故事書。他有能力讀的故事書，就能讓他開口簡單講，這樣真的也就夠了！國中、高中孩子的語言能力指標，應該依照他所需要的真實生活與情境去制訂，而不是只學習如形容詞子句、副詞子句等文法知識。

我一直主張，課程指標應該要依照「能力」來制訂，而非依照「文法認知」來分割。當我們把語言視為使用的概念來應用，與生活結合一起時，語言學習就會脫胎換骨。在方法上，最重要的是要具備「有效性」與「長效性」兩個概念。

語言學習要有效，一定要強制規定小班教學。小班教學是語言教育政策要強制貫徹的原則；若能做到小班教學，無論從何時開始學語文都不重要。一個班級如果超過二十人以上，語言就淪為「教學的學科」，而非「使用的工具」。

所謂的長效性，是指「持續的學習」。學習期間要拉長，每次時間可以不必多，但是一定要能持續。我們的孩子，小學上了許多實用的英語課；但是到了國中呢？又回到文法教學，一切回到原點，先前的投資與努力都白費了！

台灣孩子進入中學後，常聽到有兩大困擾：一是被校內文法考題所困，二是覺得自己閱讀能力不好，尤其是對閱讀測驗沒輒，不是看太慢、就是看完後不理解，但從基測到會考，都愈來愈重視閱讀理解力。對此，以下有幾個重要的英語學習觀念應該釐清：

觀念 1

（✗）學文法，先背一大堆規則
（✓）學文法，要先懂字的順序

無論是哪種語言，會影響語意的都是字序（word order），只要字序對了，大概就能掌握八成。所以我一直強調，了解英文是以「主詞加動詞」的句法和語法結構，遠比其他細微末節的文法規則，如：到底是用 in 還是 at 來得更重要。

要學，就要學有用的文法，而不是厚厚文法書裡面的所有文法。解析文法一定要用現實生活中的例子來說明，許多坊間的文法書，都是先有文法、再有例句，為文法而創造例句，這是本末倒置。

文法規則，是我們不知不覺體會與歸納出來的。也就是看過很多句子，然後才歸納出原來英文有這些規則。

如過去發生的事，都用過去式動詞形式（如加 ed），學習者看多了，就知道原來只要是過去發生的，就會用這些形式。

觀念 2

（✗）加強英文，先背文法
（〇）語言優先，文法其次

家長一定要了解：文法不是主角而是配角，我們一定要有「語言優先、文法其次」的觀念。

小孩子剛學語言時，並不需要學文法。等到進入高階的語言運用期，勢必需要運用文法來修正錯誤，或為建構較為豐富的語言，這時才是學習文法的最好良機。

我記得兒子小時候，曾拿過文法問題來問我：「為什麼加逗點與不加逗點，是從屬連接詞的非限定用法、限定用法來區辨？」我告訴他，這些可以都忘記！

現階段很多學校的段考或小考，還是在考一些細瑣的文法知識，其實對於小孩的語言使用能力，尤其是閱讀力，並沒有很大的助益。以我兒子為例，他接觸英語最多的時間是用在閱讀，後來也證明，「閱讀」才是提升英語力的關鍵。

為孩子設定閱讀計畫時，通常我會這麼建議家長：童年時期可以從英文故事書讀起，累積字彙、語法，並且將閱讀的內容結合生活經驗。到了青少年時期，就可以開始閱讀以冒險犯難與愛情為主題的作品，藉此豐富想像力、感情，並且培養語言流暢度。

父母或老師常希望孩子「讀有用的書」，但事實上，許多過去在師長眼中被歸類為「沒有用的書」才是最有用的。

讓孩子讀他們有興趣的小說、風花雪月的文章，或是輕鬆的休閒讀物，反而更能讓他們在不受約束的情境裡，快樂地進入英語的世界。

觀念 3

（✗）閱讀教學，用眼睛和腦就好
（○）以閱讀為基底，學會用「口」和「手」

在台灣，常把「閱讀教學」與「文法教學」劃上等號；但是在美國，閱讀教學注重的是學生對於單字的發音與唸法、語調、斷句，以及流暢度的使用。

西方人的閱讀隱含著「説」，較接近中文「朗讀」概念，因為閱讀的英文 "read"，意思就有「唸出聲、説出來」的含意。所以，若建立學閱讀就等於學文法的固著觀念，顯然是錯的。

政大英文系在十五年前，曾在課程上做過改變。一般大學的課程都稱為「口語訓練」「會話課程」，我們則改成「閱讀與口語訓練」。因為我們認為：如果沒有閱讀，就沒有東西可以講。

我們往往有此經驗：上會話課時，老師往往會出題目讓我們上台演講或報告，會講的永遠是那幾句話，所以我們的思維要轉為「閱讀優先」，把會話課程與閱讀結合；透過閱讀，也讓會話內容「言之有物」。

觀念 4

（✗）課外教材，要像教科書般精讀

（○）課外教材，選有興趣的最重要

你是否也有過這種經驗：年輕時發憤要讀英文，所以訂 *TIME* 或其他雜誌，但常常第一本才看幾頁，第二本又寄來了。

其實，如果以「學」的態度去閱讀英文新聞會很累，我反而建議選擇自己有興趣的英文雜誌。如對服裝時尚有興趣，可以選時尚雜誌；想要唸理工的同學，可以選電腦、運動類的刊物。文章難度的選擇，可以挑選單字有六成或七成認識、三成或四成不認識的，才有進步以及挑戰的空間。

除雜誌外，我尤其建議從閱讀故事書或小說開始，最主要是因為「小說有故事情節」，人類的思維是以故事的形式存在，在有劇情的背景下，閱讀才得以「往前走」。

人類都有一種「愛聽故事的天性」，閱讀故事時，孩子的重心不是放在「學英文」而是「想知道結局」，這種不知不覺的吸收內化過程，才是讓語言順利進入大腦長期記憶的關鍵。

19 學習移轉：
把學到的變成能使用的

語言聽、說、讀、寫的轉換，事實上就是一種「學習的移轉」
（learning transfer），指的是「我學到什麼，學到後如何
變成自己能使用的東西。」核心概念是如何從把課堂上、自我
閱讀的學習過程，轉而應用到自己的真實生活中。這過程分成
幾個階段：

第一個階段是學習過程中的當下反應。我們讀到一段文字，覺
得很喜歡或是很有感觸，就會停留下來，反覆咀嚼，欣賞這段
文字。

第二個階段則是在看完一段文字之後，我們能不能明白箇中含
意。以中文的「春風又綠江南岸，明月何時照我還」詩句為
例，為什麼詩人會這麼寫？當這個「綠」從名詞變成動詞之
後，整個意象彷彿鮮活起來，似乎可以看見春風吹過時，一片
片葉子抽芽、一株株植物生長，大地轉綠的畫面就這樣出現
了。透過這個從「欣賞」跨到「分析」的階段，我們學會了
「綠」這個字的不同用法。

以英文學習為言，若自己過去幾乎不會用英語分詞構句，但是
在看到小說或是文章中的例子之後，自己能否在寫作時，有意
識地讓自己寫出類似的句子。

例如，「老師走進教室時，對著所有學生微笑。」假設自己以往

都是用 and 來表達同時間在進行的事情（The teacher walked into the classroom and smiled at the students.）。但是學習了分詞構句的用法後，若能有意識的讓自己用出來，寫出像 "The teacher walked into the classroom, smiling at the students." 這樣的句子，即是往語言內化的方向邁進。

第三個階段，才是進入到「行為改變」的歷程。

當我們學會了一段文字之後，要來檢視自己到底吸收了多少。我們在閱讀時，總會設定一個目標要求自己達成，像是能否懂得字詞的使用，或是能不能欣賞美好的句子等。這些目標都需要自我檢驗，也就是我們在語言學習上常說的「反思」（reflection）。

📖 善用小工具，讓反思更有效率

反思是相當重要的過程，能夠讓我們的學習更加內化。還記不記得我們在學習時，老師常會要求我們做筆記？就反思過程來說，我的經驗是做筆記未必是最好的方法，「記卡片」的效果實際上比做筆記更好。

每次讀完一段文字之後，可以把重點記在卡片上。在主題欄目裡，寫上類別，例如「現在進行式的使用」「動詞的使用」，或是「漂亮的句子結構」等。當然，我們未必會有時間去翻閱這些卡片，記卡片的目的是讓自己把正在學習的東西，試著反思，加深自己的內化程度。

我在教孩子閱讀時，都會請他們寫下故事裡面自己最喜歡的一句話，或是三個最有感覺的單字。如果是自己最喜歡、最有感覺的一句話，通常留存在大腦裡的時間都會比較久！有些發音好玩的單字，像是 giraffe 長頸鹿，或是 punch 重重一拳等字，孩子也特別容易記憶深刻。

介紹幾個在學習過程中，能提升反思效率的卡片：

✏ 學習反思卡片

範例

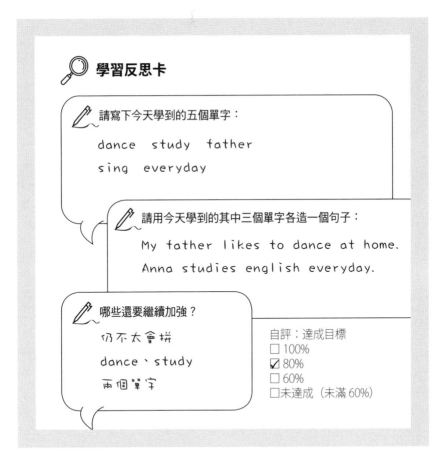

🔍 **學習反思卡**

✏ 請寫下今天學到的五個單字：

dance   study   father
sing   everyday

✏ 請用今天學到的其中三個單字各造一個句子：

My father likes to dance at home.
Anna studies english everyday.

✏ 哪些還要繼續加強？

仍不太會拼
dance、study
兩個單字

自評：達成目標
☐ 100%
☑ 80%
☐ 60%
☐ 未達成（未滿 60%）

練習

🔍 **學習反思卡**

✏️ 請寫下今天學到的五個單字：

✏️ 請用今天學到的其中三個單字各造一個句子：

✏️ 哪些還要繼續加強？

自評：達成目標
☐ 100%
☐ 80%
☐ 60%
☐ 未達成（未滿 60%）

✏️ **故事地圖**

✎ 語言卡片

🔍 語言能力卡
國小篇：適合程度待加強的學生

🎧 聽
- 能聽辨 26 個字母 ⬜
- 能聽辨應與的子音與母音 ⬜

📢 說
- 能聽辨 26 個字母 ⬜
- 能聽辨應與的子音與母音 ⬜

📖 讀
- 能聽辨 26 個字母 ⬜
- 能聽辨應與的子音與母音 ⬜

✏️ 寫
- 能聽辨 26 個字母 ⬜
- 能聽辨應與的子音與母音 ⬜

🔍 語言能力卡

國小篇：適合程度中等的學生

聽
聽得懂社交場合簡單問題，
例如：「你好嗎？」「你住哪裡？」 ☐

聽得懂星期與月分的說法 ☐

能聽懂常用的教室用語及日常生活用語 ☐

說
能念出英語的語音 ☐

能以正確的語調說出簡易句型的句子 ☐

讀
看得懂常用單字與非常簡單的句子 ☐

能讀懂及辨識課堂中所習得的英語詞彙 ☐

寫
能拼寫一些基本常用字詞（至少 60 個） ☐

能拼寫課堂中所介紹的國內主要節慶習俗 ☐

語言能力卡

國中篇：適合程度待加強的學生／約等同於國中會考 C 級

聽
聽得懂一些需特別記住的單字與片語 ☐
聽得懂及辨識課堂中所習得的英語詞彙 ☐

說
能回答老師或同學所提的問題 ☐
能以簡易的英語介紹自己 ☐

讀
看得懂朋友寄來的簡單電子郵件 ☐
看得懂火車或巴士時刻表 ☐

寫
能使用所習得的日常生活用語 ☐
能依提示合併、改寫句子及造句 ☐

🔍 語言能力卡

國中篇：適合九年級程度中等的學生／約等同於國中會考 B 級

🎧 聽

聽得懂社交場合中，對方所講述的背景、家庭與興趣 ⸺ ☐

聽得懂上課中所討論的簡單問題 ⸺ ☐

聽得懂對方刻意且緩慢告知的路線指引 ⸺ ☐

📢 說

能以簡易的英語介紹國內外風土民情 ⸺ ☐

能以簡易的英語表達個人的需求、意願和感受 ⸺ ☐

能依人、事、時、地、物，適切地表達自我並與他人溝通 ☐

📖 讀

看得懂產品資訊（例如：廣告資訊）⸺ ☐

看得懂針對初學者所寫的使用手冊 ⸺ ☐

看得懂與娛樂有關的資訊（例如：旅遊指南）⸺ ☐

✏️ 寫

能依提示填寫簡單的表格 ⸺ ☐

能寫簡單的賀卡、書信（電子郵件）等 ⸺ ☐

🔍 語言能力卡

國中篇：適合程度中上的學生／約等同於國中會考 A 級

聽

聽對方緩慢且清楚述說，能聽得懂熟悉主題中一般演說內容的重點 ☐

聽得懂公共事務廣播 ☐

聽得懂電視或廣播中新聞報導要點 ☐

說

能以簡易的英語表達個人的需求、意願和感受 ☐

能以簡易的英語描述日常生活中相關的人、事、時、地、物 ☐

能依情境及場合，適切地表達自我並與他人溝通 ☐

能參與簡易的短劇表演 ☐

讀

看得懂簡單且逐步講解的指示說明（例如：如何使用家用電器） ☐

看得懂商家的營業類別或是服務標示（例如：「乾洗」「書店」） ☐

看得懂包含主要日常字彙的文句 ☐

寫

能將簡易的中文句子譯成英文 ☐

能依提示書寫簡短的段落 ☐

✏️ 評論卡片

🔍 **321 自評卡**
回想今天的學習成果，也問問自己還有沒有問題？

我今天學到的三樣東西：

我今天覺得有趣的兩件事：

我仍有一個問題？

反思還具備另一個重要功能，即是檢視自我效能。不管是在閱讀故事、上課、聽演講等做的「語言卡片」或「故事地圖」都能發揮自我檢視的效果。做「評論卡片」把故事、演講的佳句羅列出來，記錄下覺得不好的部分，想想看自己會怎麼改善。這些反芻的過程，都在為自我學習效能進行評估。學習的過程，我們要不斷的問學生、問自己，讀到的每一篇文章，能從中學到什麼？吸收到什麼？對自己而言，學習的效果好不好？無論答案是什麼，都是很棒的自我對話、自我檢討經驗。

20 記得久比記得多更重要

我們要記住，語言學習的成果或是課堂上學習的效果，吸收的過程其實都是會打折扣的。打折扣的原因在於，當我們聽了一段演講，不可能把所有內容一字一句全部吸收到大腦裡，而是會選擇性接收。

國外研究顯示，一個人學習的接受度愈高，表示這個人的吸收能力愈強；學習的接受度愈低，表示吸收能力愈不好。假設學習效能滿分為十分，每個人得到的分數都會不一樣，〇分到十分的差距也很大，但我們卻不能就此認定，效能九分的人學習成果一定會比效能一分的人來得好。為什麼呢？這是因為在學習過程中，若效能九分的人沒有選擇性記憶，可能會產生記憶持續性較弱的問題；相對學習效能一分的人，或許在記憶持續性上就可能強許多。

理論上來說，我們若要強化自己的學習，就要注意學習內化的持續度約為「1：3」的原則。這意思是，我們看了一個小時的東西，其實需要花三倍的時間，才能真正消化這些內容。

若我們在課堂上用了兩個小時，來學習、鑑賞《桃花源記》這篇文章。我們若想百分之百內化成為自己的東西，就得花上三倍，也就是六小時的時間。這對每天時間有限的一般大眾來說，很難做到也不需要這麼做。

目前校園內的考試學習制度，都是希望學生能百分之百吸收每一個在課堂上學習到的知識，這樣的目標，其實很不切實際。就上述內化需要的時間，如果我們用二十個小時看完一本小說，哪可能再花六十個小時消化吸收？較可能的情況是，讀完小說後再花四分之一的時間，「有選擇性」地吸收對自己而言，特別有感觸的部分。

如果我們聽了一個小時半的演講，卻只記住當中的一句話。千萬不要覺得這樣的學習成效太差，真的沒有關係，因為這就是選擇性學習，對於我們的內化反而更有效果。以我個人來說，我現在去聽演講時，會特別注意的不是內容，反而是演講者的開場和說話的節奏，以及簡報的呈現方式。因為這三個面向是我現階段比較想學習的演說技巧，選擇性學習對自己的幫助才會顯著。換句話說，不管中文或英文，在閱讀或是聽演講的過程，我們不需要全盤吸收。不管喜歡與否都強迫自己硬背全篇文章或是故事，其實對於持續性的效果助益不大。

📖 有興趣的內容，才能記得多

目前國高中英語的閱讀核心，還是圍繞在考試取得高分上。不管喜不喜歡，學生就是拚命把課本裡的內容「全部」背下來就

對了。這對於語言學習的意義其實並不大,不是漏掉某些東西,就是學習效果不好。老師或是家長真的不需要強迫學生一字一句全要記下來,因為被強迫記憶的東西,是進不了長期記憶區的,過了一段時間之後這些囫圇吞棗都會消失。

就自己喜歡的內容去學習、去記憶,才有可能長期記住。閱讀故事書更應該是有選擇的記憶,當閱讀量夠大,自然就能夠推進自己愈看愈多、愈看愈想看的欲望,這也就是我喜歡推薦閱讀長篇小說的原因。

學習本來就會打折扣,因為我們不可能在讀小說或是系列性故事時,有辦法記住每一個字。請記得,千萬不要為了無法全盤吸收而感到焦慮。

如果今天在看了一篇文章、聽了一場演講,能記住當中一兩句話或是三、四個單字,這真的即已足夠。要緊的是,記住後可以試著把這些有感覺的字句用出來,用在作業上、用在與人說話的口語上,來強化內化過程。只要學會如何運用,這一兩個句子,就真正是屬於自己的,可以留在長期記憶區中。以此類推,閱讀數量愈大,能進入長期記憶區的佳句、單字數量自然就會愈累積愈龐大。

📖 克服學習衰退期的兩妙招

前面提到，任何形式的學習應該都會包括三種反映：第一是當下的反映，第二個把學到的東西轉化成行為的反映，第三個是達到某一種目標的反映。這些加總起來，就是一個完整的學習過程。

此時，我還想要介紹語言學習的過程中另外兩個重點：第一個是我們怎麼維持學習的內涵？隨著時間推移，我們學習到的東西都會慢慢減弱，語言學習的衰減期在三到六個月之間。就一個語言學習者來說，三個月、六個月都沒用到的語言，這個語言能力就會開始退化，退化的層面涵蓋字彙、語感敏銳度和寫作等。要克服語言學習衰退期的解決方法有兩個：

✏️ 養成每天寫一些三十到四十字的習慣

這方法可以應用到任何種類的語言學習上（中文、英文等），用幾個句子寫下今天的心情、發生的一件事，甚至可以寫下今天看到的好句子。以前老師或是家長總是鼓勵小孩寫日記，其實是有些道理的，利用寫日記的機會把當天閱讀到的、學習到的東西透過書寫內化。我也建議，老師可以在學生的聯絡簿上加註一欄，讓學生寫下今日的心得。

在家庭中，我們也有好方法來維持孩子的寫作力，例如：規劃一面可以貼紙條的牆壁。讓孩子在每天睡前寫下今天裡印象最深的一句話，或是練習寫一句話來總結今天的心情。這不僅幫助孩子延續學習內化的過程，也是維持親子關係的小妙招——了解孩子心裡在想什麼。當然，帶著孩子做的前提就是爸爸媽媽要率先做示範，為今天一整天的生活做個梳理。

在練習英文書寫時，孩子若還不能流暢表達，可改用另一種方式——鼓勵孩子每天抄寫一句，對他很有啟發的話。即便這星期，孩子都抄寫同樣一句話，也都是很好的。重點在於日日書寫的這個動作，能幫助孩子持續學習。

✎ 維持每天閱讀十分鐘到半小時的習慣

閱讀的內容，大約是字數約一到兩千字的長篇小說或文章閱讀。這個的閱讀經驗，並不是讀報似的淺讀，而是要能理解文意的深讀。養成閱讀長篇文章的習慣，可以從文章中接觸到許多重要的單字和值得模仿的句型。這對於口語溝通和寫作，都有很好的訓練效果。

在聽力上，近年掀起風潮的 TED×Talks 等演講平台，演講內容長度多為十五到十八分鐘，幾乎是一般人專心耐度的兩倍，這也是練習聽力的好管道。

現代社會的傳媒、社群文字趨於短小精煉，缺乏深度閱讀，這對於孩子在語言學習上是不利的。當我們接觸的文字愈來愈短，不僅無法培養耐心，連文字的運用都相形見絀，有可能到最後大家的閱讀能力都退化到只能閱讀圖像了。

我們可能得承認，並不是每個孩子天生對文字就都很敏感，或是有好的閱讀胃口。幫助他們享受閱讀之樂，是件該做的是非題，而不該是個可有可無的選擇題。

真心鼓勵爸爸媽媽，在孩子小時候就透過故事，幫助他們建立閱讀習慣。或許有些人會覺得語言學習的關鍵期是在幼兒，但我更認為，小學五六年級到升上國中的這段期間才更值得關注。因為，這段時間是培養孩子閱讀習慣，強化學習的高峰期。長篇閱讀的習慣，應該要在孩子邁入青春期前，就練起來才是。

我自己小孩在國中階段，甚是鼓勵他讀武俠小說和偵探小說。這兩類小說，能達到閱讀的持續性，而且武俠小說還富有想像力與創造力，偵探小說還具備邏輯上的思考力和推理力。

孩子年齡愈大，閱讀的文字量就可以逐步增加，在高中之前打穩閱讀的基礎，未來他看到文字量多的閱讀素材，就不會因為無法進入文字世界而排斥。

只要孩子不排斥，語言學習就能夠再延續，長期主動、自發和不間斷的累積語文接觸經驗，語言學習怎麼會沒有興趣？怎麼會無法達到內化？

Q8 要鼓勵孩子考英檢嗎？到底該如何了解孩子英語能力與程度呢？

工具的好壞是中性的，重要的是我們如何看待、使用英檢成績。

我的看法是，若只是把檢定當成類似學校與段考的「成就測驗」，考過後卻不知道後續可以如何改善，這樣的檢定成績其實沒有太大必要；但若能將檢定的用途當成「診斷測驗」，老師能根據這份檢定成果與教學結合，了解孩子在聽說讀寫的弱點並給予補強，這樣才能讓檢定變得有意義。

國內目前的英檢系統不少，我的長年觀察是：英檢考得好，不見得代表孩子的英語能力一定好；但英檢成績若很差，英語能力應該都不會太好。而衡量英語力的指標，我也認為絕非只有考英語檢定一途！

多年前我曾大力倡議「語言管理」這個概念，主張只要做好「目標設定」，學習語言就像是前瞻的目標管理，人人都可以安排進度，學好自己生活所需範圍之內、可以用得上的英文。

我十分欣賞歐洲議會曾提出的歐洲語言能力分級架構（CERF, Common European Framework of Reference for Languages）分級架構，這是從「應用能力」的角度來衡量每個人的語言能力。如針對基礎的初級使用者，衡量的指標包括：

- 能介紹自己及他人，並能回答個人細節的問題，例如住在哪裡、認識何人及擁有什麼事物等。

- 在對方說話緩慢且清晰的情形下，並隨時準備協助的前提下，與對方簡單互動。

- 能理解切身相關領域的句子及常用語句，例如最基本的個人、家庭概況、購物、附近環境和工作等資訊。

- 能以簡單的字彙描述自己的背景、周遭環境及切身所需的各種事物等。

針對進階的獨立使用者，這個架構的衡量指標則包括了：

- 在目標地區旅行時，能應付大部分可能出現的狀況。

- 能敘述經驗、事件、夢想、希望和抱負，並簡短對意見及計畫提出理由和說明。

- 能理解和歸納複雜文章中的重點和基本論點，包括個人專長領域的技術討論。

- 可以自然流暢的和母語人士互動，且不會讓一方感到緊張。

像這樣不會只看分數與成績，而是直接從生活應用面來衡量語言力，我認為才最實際的「檢定」指標。

國家圖書館出版品預行編目 (CIP) 資料

教得少學更多：孩子學英文，這樣開始！讓有興
趣的聽和讀，激發能活用的說與寫／陳超明著 .
-- 第一版 . -- 臺北市：親子天下 , 2017.07
面； 公分 . --（學習與教育；181）
ISBN 978-986-95084-1-4（平裝）

1. 英語 2. 學習方法 3. 親職教育

805.1   106010630

學習與教育 181

教得少學更多：

孩子學英文，這樣開始！讓有興趣的聽和讀，激發能活用的說與寫

作　　者｜陳超明
採訪整理｜劉嘉路
責任編輯｜游筱玲
文字協力｜李佩芬
校　　對｜魏秋綢
版型設計｜東喜設計　謝捲子
封面設計｜集一堂　張士勇
內頁排版｜張靜怡
卡片設計｜吳景賢
行銷企劃｜林育菁

天下雜誌群創辦人｜殷允芃
董事長兼執行長｜何琦瑜
媒體產品事業群
總 經 理｜游玉雪
總　　監｜李佩芬
版權專員｜何晨瑋、黃微真

出 版 者｜親子天下股份有限公司
地　　址｜台北市 104 建國北路一段 96 號 4 樓
電　　話｜(02) 2509-2800　傳真｜(02) 2509-2462
網　　址｜www.parenting.com.tw
讀者服務專線｜(02) 2662-0332　週一～週五：09:00~17:30
讀者服務傳真｜(02) 2662-6048
客服信箱｜bill@cw.com.tw
法律顧問｜台英國際商務法律事務所‧羅明通律師
製版印刷｜中原造像股份有限公司
總 經 銷｜大和圖書有限公司 電話：(02) 8990-2588

出版日期｜ 2017 年 7 月第一版第一次印行
　　　　　 2022 年 5 月第一版第五次印行
定　　價｜ 300 元
書　　號｜ BKEE0181P
I S B N｜ 978-986-95084-1-4

訂購服務
親子天下 Shopping｜shopping.parenting.com.tw
海外‧大量訂購｜parenting@cw.com.tw
書香花園｜台北市建國北路二段 6 巷 11 號
　　　　　電話 (02) 2506-1635
劃撥帳號｜ 50331356 親子天下股份有限公司

立即購買 >